© 2016 Thomas Michels

Umschlaggestaltung / Illustration: Thomas Michels

Verlag: tredition GmbH, Hamburg

ISBN: 978-3-7345-7866-3 (Paperback
       978-3-7345-7867-0 (Hardcover)
       978-3-7345-7868-7 (eBook)

Printed in Germany

Thomas Michels

.... aus den Tagebüchern

Inhaltsverzeichnis

S. Petersburg

Toskana

Spanien

Köln

Rumänien

Friendship

Köln

Berlin

Köln Hürth

Freitag, 12.4.2002, Bassano di Grappa, Veneto

...aus dem Badezimmer heute Morgen:
„muss man denn so grässlich alt werden?"
Beate lässt mich 60 Kerzen pusten,
Pu – Pu – Pu – Pu – Pusteblume!
Es regnet; ab nach Vicenza:
Teatro Olimpico di Andrea Palladio,
erstes freistehendes, autonomes Theatergebäude
seit der Antike in Europa;
Piazza dei Signori mit Blick auf die Basilika
mit den Arkaden von Palladio;
und nochmals Palladio:
La Rotonda! wenn auch nur von außen!

Kreis und Quadrat
Quadrate zum Kreis
Kreis deckt Quadrat
Quadratur im Kreis
Kreisquadrat

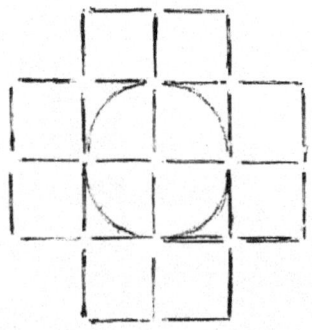

Goethe in Vicenza, Italienreise 1786-88:

>Heute besuchte ich das Prachthaus, die Rotonda genannt. Es ist ein viereckiges Gebäude, das einen runden, von oben erleuchteten Saal in sich schließt. Vielleicht hat die Baukunst ihren Luxus niemals höher getrieben.<

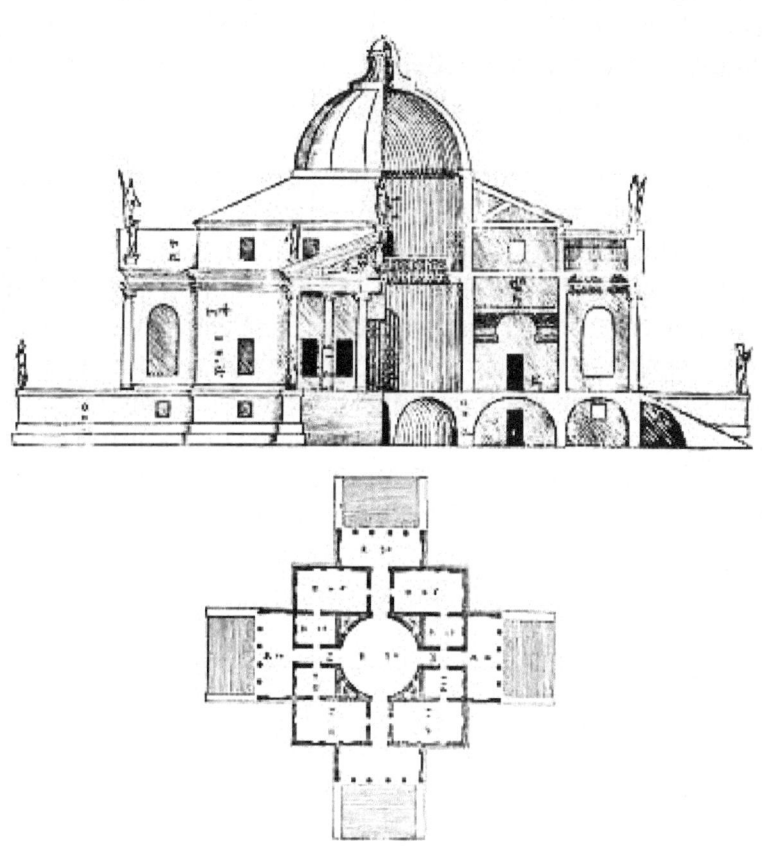

Samstag, 13.4.2002, Venedig

Aufbruch nach Venedig! Endlich Sonne! Über die Ponte de la Liberta zum Piazzale Roma; das Auto auf den 10. Stock; 13-14 Millionen Besucher pro Jahr! Zunächst ein Wochen-Abo auf alle öffentlichen Verkehrsmittel; dann mit dem Vaporetto zur Ponte Giuglio am Canale Cannaregio. Dort liegt unsere Wohnung im ersten Stock: Blick auf das gegenüberliegende, große Gymnasium mit seinen Massen an Schülern und auf den Canale, voller Verkehr und gluckernd, in der Sonne!
Nachdem wir uns eingerichtet haben, folgt ein Bummel durch Cannaregio. Gleich hinter dem Haus das Ghetto, das erste in Europa, bzw. der Namensgeber für jüdische Viertel überhaupt, genannt nach den Eisengießereien, die hier direkt an das Viertel angrenzten (ghettare = gießen!). Hier wollte sonst niemand wohnen!
Dann in der Sonne träumerisch, wässrig verfallender Alltag. Plötzlich stehen wir vor Tintorettos Haus mit seinen Steinmohren. Um die Ecke liegt Santa Maria di Orto, voller Tintorettos. Ich mag ihn eigentlich nicht. Die Giovanni Bellini Madonna, derentwegen Josef Brodsky (Ufer der Verlorenen) diese Kirche sogar nachts aufsuchte, wurde leider gestohlen.
Abends noch einmal mit der linea cinquantuno zum Lido und zurück zum Anleger San Pietro – ma, linea quarantuno non va! Ritorniamo con l'ultima cinquantuno vorbei am Ospedale und am Cimitero San Michèle zur Ponte Giuglio!

Venedig
Nacht
Schwankender Ponton
San Pietro
fehlender Anschluss
auf diesen Felsen
nicht betätigte Haltestelle!

Sonntag, 14.4.2002, Isola Vignole

Sonne! Mit dem Vaporetto, Linea tredici, nach Vignole: das ist Frühling; aufbrechendes, duftendes, frisches Grün, Wärme, Amselsang, Venedig weit weg über das Wasser, in einem Garten auf Gänseblümchenwiesen das Mittagessen. Beate ist glücklich! Danach Burano con la sua ricamatrice, touristisch, schrecklich und Torcello mit dem ältesten Bau der Lagune, Santa Maria Assunta, 639!, und der sehr schönen, romanischen Rundkirche, Santa Fosca, die sehr an die Rotonda erinnert.

Isola Vignole
al pieno sole
nel un giardino
piacevole
heute
30 Jahre mit Beate
durchwachsen, glückhaft
plötzlich bewusst
an einem grünen Wasserkanal
wieder im Frühling

Donnerstag, 18.4.2002, Venedig

Strahlendes Wetter, passend zur herrlichen Ca`d´Oro mit seiner erholsam geschmackvollen Galleria des Giorgio Franchetti. Besonders erinnerlich Tizians Venus. Später vorbei an der großartig streng gegliederten Fassade der Fabbriche Nuove, zwischen Fischmarkt und Rialto-Brücke von Jacopo Sansovino (1486-1570); dann Einkaufsbummel im sestiere San Polo; später in Cannaregio am Fondamento degli Ormesini hinter de Campo des Ghetto Nuovo italienisch-familiäres Abendessen mit Pollo in Rosmarin.

Canale grande
al buio
im Dunkel
müde zurück
Barken
in Schräglage
i vaporetti
beladen mit Menschen
wie damals
am Ganges
Benares
vergänglich
verwesend

Freitag, 19.4.2002, Venedig

Kaffee trinken im Museo Correr mit Blick auf den Markusplatz
wie weiland Nietzsche:

Die Tauben von San Marco seh ich wieder:
still ist der Platz, Vormittag ruht darauf,
in sanfter Kühle send ich müßig Lieder
gleich Taubenschwärmen in das Blau hinauf –
und locke sie zurück,
noch einen Reim zu stecken ins Gefieder:
– mein Glück! mein Glück!

Partenza di Venezia,
auch der feste Boden
schwankt schon
unter den Füssen,
all über all
Motorenlärm und Wassergluckern
in der Luft.

Samstag, 20.4.2002, La Montecchia

Vom Schlafzimmer aus sehen wir nun veramente auf die Zinnen der Villa Emo Capodilista di Dario Varotari, und das Wappen der Capodilista prangt auf unserer Schlafzimmertruhe. Alles ist sehr gepflegt und ordentlich. Am Abend noch durch die Colli Euganei zum höchsten Aussichtsgipfel, der Madonna della Salute.

Sui prati, davanti la casa del prete
al castello della Montecchia
siamo arrivati finalemente
Entspannung beginnt,
Venedig lässt los.

Sonntag, 21.4.2002, Valsanzibo

Von Montecchio fahren wir zur Villa dei Vescovi in Luvigliano. Doch sie ist geschlossen. Also weiter in Richtung Villa Emo in Rivella, Monselice („the villa belongs to a cousin of ours!"). Doch auf dem Weg dorthin plötzlich rechter Hand auffallend prachtvoll das Wassertor zur Villa Barbarigo in Valsanzibo; in voller Sonne die parkartige Gartenlandschaft mit ihrer Renaissance-Villa, den Wasserspielen und dem rechtwinkligem Buchsbaum-Labyrinth, ein unerwartetes Ereignis.

Irrgarten aus Buchsbaum
im Nachbargang Du
zwischen uns laufen
die Bäume uns zu
noch ein Eck
noch ein Eck
noch ein Eck
doch Du
Du bist nie
nie bist Du weg
die Hecke trennt räumlich
nicht Sprache
nicht Sicht
so sehn wir uns ständig
im Heckenzwielicht
ich will Dir begegnen
wir gehen gleichauf
die Hecke jedoch
sie trennt unsren Lauf
von Ecke zu Ecke
im Heckengeviert
bis eine der Ecken
mich zu dir führt.

Montag, 22.4.2002, Padua

Heute ging es nach Padua. Erstes Ziel, die frisch renovierten Giotto Fresken in der Capella degli Scrovegni. Aber dort ist kein Hineinkommen! Also ein Bummel durch die Stadt mit Marktbesuch, Einkauf und zur San Antonio Basilika. Hinter seinem steinernen Sarkophag stehen die Leute, legen ihre Hand fest auf den Stein und schütten ihr Herz aus und die Augen.

Antonio
hilf
hilf meiner Pein
wer hilft mir sonst
nur Du allein
zu Dir flieh ich
verberge mich
an Deinem Stein
und wein

Zum Kaffee, den wir an einem der Tische vor dem Restaurant irgendwo in Padua genossen, stellte uns der Wirt mit grandezza einen Teller mit 4 Mini-„Berlinern" auf den Tisch und den Worten: „un regalo di San Antonio"! Wir ließen sie uns schmecken und wurden abschließend dafür abkassiert. So beschenkt man sich selbst nach dem frommen Spruch: „gebet, und Euch wird gegeben!"

Donnerstag, 25.4.2002, Euganeische Hügel

Heute war italienischer Nationalfeiertag. Man war auf den Beinen, sprich Reifen: una festa sui prati! Una bella compagnia in den Euganeischen Hügeln; alla familiare: die Autos stehen im grünen Grund, daneben, drum herum wird gelagert, gelebt... der Kuckuck ruft!

Una festa sui prati,
Freunde, Freude, fröhlich, feiern,
Friede, Freiheit, Phantasie,
lachen, loben,
lächeln, lieben,
trinken, treten, turnen, tollen,
treiben, trudeln, tändeln, tanzen,
schmausen, schmatzen, schmecken,
schlecken, schnalzen, schnüffeln,
schmusen, schlafen.

Montag, 24.2.2003, North Captiva, Westküste Floridas

Die Betten sind gut; überall Moskitonetze in den Fenstern und rundum die überdachte, große Terrasse im 2. Stock über den Palmenwipfeln. Parterre steht das Haus auf hohen Stelzen; im 1. Stock, in Höhe der Palmenwedel, wird geschlafen, darüber gewohnt. Alles ist sehr gepflegt. Es gibt keine Autos, nur Elektro-Golfkarren. Wir haben auch einen und damit eine Besichtigungstour absolviert und schon alles gesehen. Entspannung tritt ein.

Mittags Spaziergang entlang der Karibikküste nach Süden – Sandstrand – Lagerung im Schatten lichter Tamariskenwälder – traumhaft ruhig. Seemöven, weiß, elegant, schlank mit spitzen, langen Flügeln, immer in Bewegung, schnell in die Luft, plötzlich abbrechend, kippend drehend, senkrecht nach unten wie ein Pfeil, ein glattes Geschoss, ins Wasser und sofort wieder heraus und geflogen, ohne Ermüdung und Pause, wie fremdbestimmt.

schneller Segler
denk nicht
flieg
schieß dahin
denk nicht
stürz
hinab
denk nicht
tauch
hinauf
denk nicht
flieg
erfüll dich

Dienstag, 25.2.2003, North Captiva

Ich könnte schon wieder dämmern und schlafen in dieser tropisch lauwarmen Luft auf der Loggia in Mitten der Palmen, im grünen Gewoge mischt sich das Rauschen der Palmenwedel im Wind mit handwerklichem Klopfen und Hämmern aus Nähe und Ferne

king size
Komfort
zwei Nummern zu groß
wie alles hier
wenn's nicht klappt
machen wir's größer!

if you fail
try it again
make it bigger!

Montag, 3.3.2003, Miami

Seit 3:30 Uhr am Steuer dieses gemieteten Reiseschiffs, dieses amerikanischen „Kleinwagens"; die Mitbesatzung schläft tief. Ich, Kapitän am Steuer, in fremdem Land und dunkler Nacht, das Tempo auf 80 Meilen per hour festgemacht. Um 7:30 Uhr müde in Miami; pancakes with blueberries and coffee; Koffer zum Aqua Hotel; dann Geld besorgen: armes Amerika, wie bist du doch erbärmlich auf unterster Stufe organisiert? Jetzt schlummern wir entspannt im Schatten von Palmen.

thou felix USA
country of contrasts
highly sophisticated
touching
even the moon
with it's toe
but from the desk
of a bank office reigned
in analphabetic performance

Sonntag, 22.6.2003, Sligo, Irland

Um 12:15 Uhr Aufbruch zum Benbulben, dem majestätischen Tafelberg hinter unserem Haus: blühende Fuchsienhecken, Fingerhut, Lonicera/Geisblatt, Lerchen in der Luft und Schafsmeckern aller Orten, Kaninchen, grüne Matten, Binsen-büschelinseln, knorrige Rotdornbäumchen und ein Vogelper-spektivenblick!
Weit im Norden hinter dem Meer hoch in den Wolken eine Fata Morgana, eine Gebirgssilhouette, losgelöst, unwirklich, wie ein schwarzer Wolkenkamm – eine Insel? So gewaltig gibt es dort keine! Nein, es ist der Slieve League Kamm, 600 m hoch, westlich von Killybegs. So weit springt Irland im

Norden noch mal gen Westen vor! Vielleicht werden wir morgen dort sein?

Auf dem Rückweg: Pullover auf der Strecke, ebenso Handschuh und ein Häschen auf dem Weg mit offenen Augen, wie tot, aber noch zuckend – es stirbt gerade.

brechenden Auges
noch zucken die Glieder
preisgegeben
auf offenem Weg
Körperlichkeit
erbarmungslos
bald aber

Montag, 23.6.2003, Trinity College Dublin, Book of Kells

Pangur Ban
written by an Irish monk at St. Gallen in the 9th century

I and Pangur Ban my cat
'tis a like task we are at:
hunting mice is his delight,
hunting words I sit all night.
Better far than praise of men
'tis to sit with book and pen;
Pangur bears me no ill will
he too plies his simple skill.
Often times a mouse will stay
in the hero Pangurs way;
often times my keen thought set
takes a meaning in its net.
'Gainst the wall he sets his eye
full and fierce and sharp and sly;
'gainst the wall of knowledge I
all my little wisdom try.
Practice every day has made
Pangur perfect in his trade;
I get wisdom day and night
turning darknes into light.

Dienstag, 1.7.2003, Kilcar

Das Wetter leicht bewölkt bis sonnig: wir entschließen uns zu einer Tour, und den geplanten Ruhetag zu verschieben; wie gut!
Wir fahren nach Osten. Vor Kilcar ist die Straße wegen eines Beerdigungszugs gesperrt, der gerade des Wegs kommt. Wir stehen ganz vorne: Hunderte!!! von Menschen aller Altersgruppen folgen dem Sarg. So eine riesige Beerdigung haben

wir noch nicht gesehen und fragen einen Polizisten, welche Persönlichkeit gestorben sei? Es war Buddy, ein Jugendlicher von 20 J., in a road accident! Die Anteilnahme ist hier größer als in anderen Teilen Irlands, wie wir später im Museum von Gleann Cholm Cille – Glencolumbkille lesen. Die Namen der Orte – ob gälisch oder englisch sind nicht festgeschrieben – es empfehlen sich genaue Karten! So fahren wir zunächst an Teelin vorbei direkt zum Museum (s. o.), das sehr eindrucksvoll von Father McDyer errichtet wurde.

Bei tollstem Sonnenwetter dann zurück nach Teelin zu den Cliffs mit phantastischem Ausblick auf die Steilabbrüche des Slieve League in's Meer – und jenseits des Meers auf die Hügelketten der Irischen Nordküste inclusive den Benbulben, von dem aus uns am 22.6.2003 der Slieve League Kamm wie eine Fata Morgana aus vorgelagerten Wolken auftauchte.

Wir laufen noch etwa auf 350 m an den Klippen hoch auf federndem Torfboden und kehren erfüllt zurück nach Grange.

zufällig Zaungast
warten Sie
gleich geht es weiter
so dicht gesteckt all die Blumen
so viele Füße auf dem Asphalt
der Zug so lang
so blau der Himmel
wem gilt das
nur einen Augenblick
ein Hauch nur
ein Lebenshauch

Mittwoch, 2.7.2003, Sligo

Äußerst später und liebreicher Tagesbeginn – wie gut, dass wir gestern das Traumwetter beim Schopfe ergriffen.

Heute ist es irisch bedeckt; Benbulben drohend bewölkten Haupts und krauser Stirn. Wir feuern den Kamin, fahren später nach Drumclif zu Yeats Grab, nehmen versteckt mit Hand und Fingern Maß an seiner Grabinschrift, weil aus dem horseman, der doch gar nicht mehr zeitgemäß (und ja auch bypassen soll), würden wir gerne einen walkman machen. Gestern Abend, leicht alkoholisiert, konnten wir uns darob ausschütten vor Lachen.

Wir entschließen uns dann doch stattdessen, pietätsvoller zu milkcoffee mit rewbarb crumble cake in der Sonne vor dem Café mit Blick auf das Grab. Später in Sligo in einer herrlichen Buchhandlung gebrauchter Bücher kauf ich Robinson Crusoe und „the poets manual and rhiming dictiona" von Francis Stillmann. Noch später am Kamin Rotwein und Lammkotelette mit Röstbrot, Halmaspielen und liebreichem Tagesabschluss.

Cast a cold eye
on life, on death,
horseman pass by!   William Butler Yeats

Mittwoch, 7.4.2004, Köln, gen Süden!

Um 7:10 Uhr sitzen wir ohne Frühstück im Auto gen Süden. Als wir den Hunsrück hinab in die Rheinebene verlassen, blaut der Himmel, und Fernweh beseelt, und – oh Glück! – wir kommen ihm in unserem schnellen Gefährt voll nach! Wann denn kann man das schon, diesen Wunsch auch erfüllen? Vorbei an den schneebedeckten Vogesen nach Schopfheim zur Schwester und später nach Kandern zu Kerstan. Drei sehr schöne Vasen werden gekauft. Kerstan selber in verhaltener Bauernschläue, der Künstler in Raten, fast knauserig, lugt aus seinem Loch wie ein Fuchs.

Donnerstag, 8.4.2004, St. Gallen

Wir trafen Christoph in der Uni St. Gallen, Block B, Cafeteria um 15:30 Uhr, ein Neubau: Wabenstirnganzraumverglasung; jede Wabenscheibe in einem anderen Stellwinkel in einer Fassade, zigfach zerhöckert und geknickt, ab und an auch uns Vorübergehende reflektierend. Das Ganze, zentrifugal geschleudert, entweicht ihm tropfend das Hirnschmalz wie Honig! Später von den drei Weihern oberhalb der Mühlenbachschlucht der Blick hinab auf St. Gallen und den Bodensee in voller Sonne.

Bahnstation Bangor
Mühlenschluchtwucht
Unmutter Ur-
nackte Gewalt
kinetische Kraft
Betonrohr bändigt
Statik erstarrt

sanft das Alphorn
am Weiher
melodisch

Dienstag nach Pfingsten, 17.5.2005, Madeira

Unser Haus: portugiesisch klein gequadert, streng, bescheiden aber selbstbewusst, klar gegliedert, zurückhaltend, in Mitten hoher Bananenstauden, die ihre samtsatten, grünen Blattovale bis an das Haus entrollen, und in deren Grün ich vom Balkon aus meine Nase riechend reibe. Wir schwelgen in Genüssen mit den Augen, mit den Ohren, der Nase und dem Gaumen. Die Hähne krähen, Unken tönen klagend, und vorher, als es noch hell war, erfreuten uns Kanarienvögel rund um das Haus. Gegenüber die Hänge über Ribeira Brava baden in der Abendsonne, deren Glut von einem Fenster der Häuser vor den Klippen des Cabo Girão auf uns geworfen wird, erstaunlich lang bis in die Dämmerung hinein, als schon längst die orangenen Straßenlaternen zwischen den Häusern der gegenüberliegenden Hänge herüberglänzten, sodass man plötzlich glauben musste, es könne nur ein Feuer diesen anhaltend hellen Glanz verursacht haben. Ob wir das Haus zu diesem Fenster drüben aufstöbern könnten?
Während ich das auf dem Bett liegend schreibe, klingt durch das offene Fenster Hundegekläff von den Häusern weit unter uns am Hang herauf. Ich fühle mich ländlich geborgen.

Mittwoch, 18.5.2005, Funchal, Madeira

Im Café waren uns 17 € für die Seilbahntalfahrt angekündigt worden. Dann stießen wir aber auf einen seit einer Viertelstunde schon geschlossenen Fahrkartenschalter. Die Bahn lief aber noch im „Leerlauf", und ein Angestellter der Bahn erklärte uns freundlich, dass wir leider keine Tickets mehr lösen könnten, wozu er eigens für uns Erkundigungen einziehen ging und uns bedeutete, wir müssten wohl den Bus nach Funchal nehmen. Da das nicht einfach erschien, vor allem da dieser nur selten fuhr, wagte ich noch einen zweiten Versuch, ob wir denn nicht das Fahrgeld einfach ihm selbst entrichten dürften, ausnahmsweise, um doch noch in den Gondelgenuss zu gelangen. Er zögerte, holte nochmals Erkundigungen ein und erklärte zurückkommend dann strahlend, wir dürften noch losgondeln talwärts. Geld wollte er aber entschieden keins annehmen, nicht einmal für seine Kinder, womit Beate es ihm doch noch schmackhaft machen wollte!

Wir waren in jeder Beziehung tief beeindruckt und schwebten mehr als glücklich zu zweit in einer Glaskabine wie im Vogelflug langsam, lautlos und lange anhaltend über Häuser, Straßen, Menschen, Autos, die Autobahn – und immer wieder Blüten, Blumen und schließlich prachtvoll hellblaue Wogen blühender Jakaranda Alleen nach Funchal dem Hafen entgegen.

Sonntag, 22.5.2005, Madeira

Wolken hingen an den Hängen in circa 1.000 m Höhe, und wir durchbrachen sie mit dem Auto auf unserem Weg hinauf zur Paul da Serra – der Hochmoorebene hinter unserem Haus. Wir folgen hier einer Almenlevada mit Kühen immer wieder des Wegs, die durch straffe Stakkatoansprache und unbeirrtes auf sie zugehen gutmütig vom Pfad abdrehen. Wir wandern unter unseren Regenschirmen als Sonnenschutz, genießen den Blick auf die unter uns an die Hänge anbrandenden Wolkenwogen und wechseln schließlich in Höhe Forsthaus Rabacal über den Kamm in das Tal nach Porto Moniz und folgen hier seiner äußerst wasserreichen Levada, die größere Höhenunterschiede zum Teil durch Schrägrutschen begleitet von Stufen überwindet und uns durch 2 bis 3 m hohes Heidekraut leitet. Schließlich erreichen wir ihren Endpunkt an einem sonnigen Wasserfallgrund, wo wir rasten und lesen, ich die Deutschstunde von Lenz.

Vereinzelt folgen uns andere Wanderpärchen, die sich unsicher ihren Weg trockenen Fußes durch das flache, steinige

Bachbett in Richtung Wasserfall suchen. Hinter uns, hoch am felsigen Hang, entdeckt Beate einen hochstandähnlichen Überstieg, ein Drahtgatter querend. Natürlich lasse ich mir dessen Erkundung nicht entgehen, gelange auf kaum erkennbarem Pfad durch einen dämmrigen Heidekrautwald, mich durch das kahle Stammdickicht hangelnd wie weiland Hänschen im Blaubeerwald, auf weit gestreckte, sonnige Hänge, bedeckt von frisch sprießendem Adlerfarn in erst circa 1 m Höhe, durch den durch welken, platt getretenen Farn des Vorjahrs schwach erkennbar ein Fußpfad sich ausmachen lässt und mich hinaus auf den Hang saugt, allerdings mit der Unsicherheit, in diesem fast gleichförmigen, wogenden Grün, den Weg wieder zurück zu finden. Mit allen Sinnen tastend finde ich ihn und genieße die Situation.

Spät am Nachmittag kreuzt plötzlich das Gatter hinter uns ein ungefähr 40-jähriger Mann mit einem grauhellen Husky Hund und einem circa 2 m langen, geraden, knotigen, geflämmten, schönen Hirtenstab mit langer, eiserner Spitze. Sicher, ruhig, rundig bewegt er sich wie auch sein Hund, und den Weg durch das Bachbett nimmt er an der schwierigsten Stelle mit federndem Schritt die trockenen Steine nutzend. Ich glaubte, seine Freude an diesem sicheren Balanceakt zu spüren – ein Waldläufer, Wild- und Parkhüter.

Ich konnte nicht anders, ich nahm später den gleichen Weg längs durch das Bachbett. Wie wenig reicht doch, um große Freude zu empfinden.

Montag, 20.6.2005, Köln

Ein ganz normaler Arbeitsmontag, aber Ende Juni. Die Tage sind jetzt so lang wie sonst nie im Jahr! Am Samstag, als wir nach anregend, ländlichem Nachmittag in Dorsel bei Gertrud und Helmut auf der Wiese hinter ihrer Scheune mit Blick auf rot leuchtende Dachpfannen in der Abendsonne und

kuhfladengroße, weiße Holunderblütendolden schließlich auf
unseren Klapprädern zurück nach Aremberg strampelten,
konnte ich um 22:00 Uhr noch meine Armbanduhr bei „Tages-
licht" entziffern. Also diese hellen, anhaltenden Tage um die
Sonnenwende sind so besonders, dass ich heute beschloss,
wieder Tagebuch zu schreiben zur Feier der Gegenwart oder
besser zu ihrer Vergegenwärtigung, Verdichtung, Wachrüttelung
und Wahrnehmung, der wir, oder ich immer wieder ent-
fliehe, vor oder zurück, natürlich gedanklich.

Donnerstag, 30.6.2005, Köln/Düsseldorf

Das Deklamieren der „großen Verfugung" klappte zu meiner
Zufriedenheit „zu Hause"! Später im Studio war alles völlig
anders! Aber das wusste ich noch nicht!
Um 13:00 Uhr holte ich Michael am Barbarossaplatz ab. Wir
gingen Essen in der Zülpicher Straße und fuhren dann in Richtung Düsseldorf nach Erkelenz in das Tonstudio von Volker
Vaessen, wo wir um 15:30 Uhr eintrafen, und das wir erst 6
Stunden später um 21:30 Uhr ziemlich ermattet wieder verlassen sollten.
Piet, der Tontechniker hielt es 4 Stunden mit uns, oder besser
gesagt, mit mir und meinen Unzulänglichkeiten aus! Volker
bewies eine dankenswerte Geduld und Ausdauer in wahrer
Freundschaft! Meine Leistung im schalldichten Aufnahme-
raum hinter dicken Glasscheiben mit den anderen dreien nur
in Sichtkontakt und nur phasenweise durch Knopfdruck von
außen – nicht durch mich! – über Mikrofon und Kopfhörer
zugeschaltet, war zunächst einfach nur kläglich insuffizient
und ganz und gar nicht strahlend, wie ich feste gehofft hatte.
Meine Ohren waren durch die gigantischen Kopfhörermu-
scheln hallend, verzerrt verschallt, sodass mir meine Stimme
entfremdet war, was sich etwas besserte, nachdem ich ein Ohr
freibekam, indem ich einen Hörer vom Ohr weg auf mein

Hinterhaupt verdrehte. Trotzdem fühlte ich mich unerträglich abgeschnitten vom Geschehen wie im luftleeren Raum – ohne Noten – ohne präzise Einsatzanhaltspunkte. Michael versuchte, unterstützt von Piet, diese mir per Handzeichen und Taktdirigieren zu geben, und ich, der den Rhythmus so liebt, kam mir rhythmisch absolut unfähig vor! Mit viel Geduld und meinerseits nicht nachlassender Anstrengung erarbeiteten wir mühsam Passage um Passage. Man war mir peinlich wohl gesonnen, und ich kam aus dem Gefühl der Insuffizienz nur partiell heraus und wäre doch so gerne souverän gewesen! Zum Schluss wurde geduldig aus den vielen aufgezeichneten Alternativen meiner Sprachkunst die jeweils erträglichste gewählt. Die Zischlaute wurden wegpoliert, die Einsätze rhythmisch nachgebessert, sodass schließlich die Gesamteinspielung nach dieser enormen Anstrengung besser erschien als die ursprüngliche Aufzeichnung.

Das Ziel, mitzureißen, wie die großartige Musik, konnte ich bei weitem nicht erreichen. Ich war froh, dass ich überhaupt das ganze Unterfangen durchstand! Da hatte ich mich doch erheblich verhoben!

Vielleicht findet Volker später eine professionelle Stimme, die die absolut erforderliche Perfektion erreichen kann? Beim Klonen muss alles punktgenau perfekt sein, sonst muss man es unbedingt lassen!

Freitag, 1.7.2005, Köln

Um 14:00 Uhr mit Beate zum Outlet Ausverkauf in das Lager der Gesine Moritz am Ratenauplatz/Roonstr., wo Sylvia Heines schon auf uns wartete. Die gesamte Verkaufsveranstaltung findet in einem großen Werkraum ebenerdig im Hof statt. Bereits in der Annäherung lässt sich leicht erkennen, welche

Frau dorthin strebt. Die meisten von ihnen haben schon die geknittert bauschigen Kleider der Gesine an und wirken sorgsam gepflegt, interessiert, freudig erregt.

Dicht hinter mir schritt eine schon etwas Ältere von ihnen, die ich für mich als „typisch" ausgemacht hatte, und kurz bevor die definitive Richtung zu Moritz einzuschlagen war, trat ich mit einer einladenden Kopfbewegung in Richtung Outlet Verkauf zur Seite, ihr den Vortritt anbietend, und wurde nicht enttäuscht!

Und dann erst zwischen all den Kleiderständern im Verkaufslager, welch ein freudiges Geflatter! Die Frau im Gegensatz zum Mann braucht einen Spiegel, und das ist bestenfalls der Mann! Viele Männer sind leider blind und spiegeln nicht., dann kann sich das Feminin-Narzisstische nicht entfalten, und der Reiz dieses Spiels schwindet. Spieglein, Spieglein an der Wand...

Donnerstag, 5.7.2007, Schmitzhöhe, Lindlar

Zum Schluss sind wir noch mit Barbara und Peter nicht aus Neugier oder Interesse, sondern zur „Trauer- und Traumabewältigung" durch das abgebrannte Haus gegangen.

Das Haus, das uns so oft behaglich und üppig gastfreundlich und warm beherbergte, es war heute nur noch eine zerstörte, gebrandschatzte Ruine, nach oben offen in den Himmel, gerahmt von verkohlt geschwärzten Balkengerippen, durch die der Regen, der seit Wochen anhaltende, auf die versifften, aufgeweichten Teppichreste fiel, übersät von Trümmern, zerbrochenem Glas – alles zutiefst zerstört. Auf der Terrasse mit ihrem großartigen Blick ins Bergische lagen gehäuft verkohlte, schwarze Stangengeripppe, im Vorgarten Berge von persönlichen, angebrannten, rußigen und vom Wasser aufgeweichten Papieren. Gibt es da Trost? – zunächst kaum! Hoffentlich erwächst die Kraft, das zu bewältigen!

Sonntag, 8.7.2007, Köln

Hat man doch schon alles wieder vergessen, wie herzzerrei
ßend, schneidend intensivst Kleinstkinder schreien können,
zum Beispiel Anton heute Abend – gerade mal 2 Monate alt –
ein alles sprengendes Schreiwunder – und nur weil er Hunger
hatte! Kaum zu glauben. Der Hang zur Brust bleibt. Die Zeit in
der Großfamilie mit Kleinkindern verfliegt im Nu – der heutige
Tag, kaum begonnen, schon zerronnen.

Mittwoch 26.3.2008, 19:20 Uhr, Florenz

In der Sonne eines Cafés auf der Piazza della Signoria, Florenz,
schreiben wir einige Postkärtchen wenigen Auserwählten (die
glücklichen anderen!), und empfanden dann mit der Gestaltung der verbleibenden Stunden bis zur Abfahrt unseres Zuges
ein gewisses Problem. Doch Beate hatte dann eine Idee: in der
Markthalle hinter Daniels Bleibe in der Via Maccia gibt es im
überdachten Marktbereich eine saalartige Glasbox mit rechts
und links neben dem Mittelgang angeordneten Tischabteilen,
die nur von außen durch eine zu jedem Tisch gehörige Glastür
betreten werden können, während der Mittelgang vom Tisch
aus nicht erreichbar der Bedienung vorbehalten ist und an
den Stirnseiten dieses wohl ganz einmaligen Etablissements
auf einer Seite zur Küche und der anderen Seite zum Verkauf
hin endet. „Draußen", das heißt vor den Glastüren zu den einzelnen Tischabteilen, wartet man auf freiwerdende Plätze, und
auch wir saßen während unserer Mahlzeit mit wechselnden
Zeitgenossen höchst unterhaltsam an einem Tisch, gesichert
noch zusätzlich vor etwaiger Langeweile durch die offene Nähe der übrigen Tische, auch derer jenseits des Mittelgangs.
Man saß wie in einem offenen Zugabteil, nur durch Wein und
Speisen, höchst schmackhaften, beträchtlich gelockert viel
unterhaltsamer, wozu auch die scherzend kommunikative

Art des Familienbetriebs mit der untereinander bekannten Klientel des Quartières beitrug.

Wir jedenfalls verließen diesen produktiven Ort wie neugeboren mit frischer Entschluss- und Aufnahmekraft!

Im Augenblick nähern wir uns Mailand und werden gleich auf binario quatordici einlaufen.

22:20 Uhr, Chiasso – wir stehen. Ich bin endlich auch in meinem Schlafanzug nach ausgiebigem Mahl mit Chianti, Prosciuto, Parmesan, Orangen... Beate liegt eine Etage höher, über mir und schläft bereits. In Mailand hat alles problemlos geklappt, da unser Nach- und Nachtzug auf binario sette bereitstand und auf uns wartete.

Wir rollen wieder. Der Lokführer fährt mit seine E-Lok piano – pianissimo an, und wären nicht die harten Weichen, man würde bei durch Elektroschweißverfahren bedingt fehlendem Schienenschlag, in schwebend-schwingendem Zustand das Fahrgefühl missend, an fliegende Teppiche denken.

Doch da straft mich der Lok-Duce Lügen, durch rasante Fahrtbeschleunigung ächzt der Waggon in seinen Fugen, und die bauchigen Weingläser rutschen über die Resopaltischplatte in eine Ecke, wo sie sich Gott sei Dank klingend fangen. Doch jetzt ist alles gesichert, und ich darf wieder lyrisch lügen oder der Wahrheit auf die Sprünge helfen, was ich mit großem Vergnügen mache!

Doch wo war ich stehengeblieben? Bei der herrlichen Gartentoilette der Bardini Gärten hoch über Firenze. Dort gibt es in noch höherer Höhe eine wunderbare Villa, in der wir eine galeria di costume di Colucci besuchten, in der sich meine Kamera wieder bewährte – tutto in nacosto – und im Rausch der farbigen Stoffe, die leuchtend bauschig flatternden Kostüme wie bunte, bizarre Schmetterlinge in Spiegeln vielfach gebrochen und flammenhaft gesteigert durch digitale Einfrierung unvergesslich machte.

Von dort aus weiter – es galt ja, noch eine knappe Stunde zu nutzen – hinauf zum Forum, das uns schon gestern von S. Miniato al Monte und heute Morgen von den Uffizien aus verlockt hatte – und tutto gratuito in dieser solo una settimana per anno – und nochmals: welche Fülle der Bilder des Ausblicks im 360 Grad Rundumpanorama – das Auge hält es nicht und noch viel weniger der Geist, aber die Kamera! Und dann noch drei waschechte Großfotos aus dem Leben gegriffen, skurril übersteigert und in Öl gemalt zeitgenössischer Kunst, jetzt im Foto gebannt als Abschluss.
Mein Kopf ist schwer – es geht in die Alpen – buonanotte!
Ciao Italia – à la prossima volta!

15.6.2008, Köln

Dein Lachen,
so spontan, so fröhlich,
so frei,
so metastasenfrei,
durch Nichts zu bremsen,
so spontan,

erstickt die Sprache,

weinen nur,
weinen

16.6.2008, Köln

unfassbares
fassbar,
unbegreifliches
greifbar,
mit Bart
und Sohn
und Geist,
unglaublich

23.6.2008, Köln, Rheinufer

fliegen
die Arme frei
der Blick zur Brücke
das Wasser
die Morgenfrische
hoch auf dem Rad
treiben, treten
fast schweben
in Aktion

Sonntag, 15.2.2009, Kairo

die Nacht zu kühl, doch gut das Bett
zu spät die wärmende Decke
jetzt könnte man schlafen
doch da geht der Wecker
im Frühstücksraum Masse
Cheops von außen und innen
man kann es nicht glauben
bis Christi Geburt 2000 Jahre
dann nochmals 2600 Jahre
gigantisches Bauwerk
nie mehr wurd solch
eine Unzahl an Steinen
in einem Bauwerk gefugt
wir durften heute
bis in ihr Zentrum
zur innersten Kammer
die glatten, dunklen
Granitsteinwände
handwarm

Cheops
Myriaden
wir
Steinquader
stehen
Arbeiterheerscharen
mitten umschlossen
schneiden, schieben, verfugen

mitten umschlossen
stehen
wir

Montag, 16.2.2009, Philae Tempel, Assuan-Stausee

Mit der Barkasse von unsrem Dampfer hinüber; der Kaiser
Trajan-Kiosk mit seinen prächtigen Kompositkapitellen, weiß
und üppig gegen den blauen Himmel; das Isis – Osiris – Horus
Heiligtum!
Mai (stehende Löwin) Haikal, unsere Führerin, des Deutschen
perfekt mächtig nach Besuch des deutschen Gymnasiums in
Kairo seit ihrem 5. Lebensjahr, erzählt plastisch die Geschichte
des göttlichen Geschwisterehepaars Isis und Osiris, letzterer
von Seth, seinem Bruder, wiederholt ermordet, wird von ihr
ebenso oft wiederbelebt zur eigenen Befruchtung, der Horus
entspringt, der den Vater rächen wird mit Hilfe des Sonnenauges des Sonnengott Ra, Vater der Isis, dem diese das Auge ent-
listet – raubt, indem sie ihm durch einen Schlangenbiss unsäg-
liche Schmerzen zuwachsen lässt, von denen sie als Göttin
auch der Medizin, ihn zu befreien, sich nur in der Lage sieht,
nach Preisgabe seines Geheimnamens (Rumpelstielzchen!),
die ihn, Ra, aller Kraft samt Sonnenauges beraubt.

Donnerstag, 19.2.2009, Abu Simbel, Assuan-Stausee

Gegen 11:00 Uhr Ankunft und Besichtigung; im Tempelinne-
ren; kein Fotografieren erlaubt.
An der linken Wand der Haupthalle die Darstellung der
Schlacht Ramses II. gegen die Hethiter bei Kadesch sind mit
den drei Hauptszenen der unteren Wandhälfte das künstle-
risch Lebendigste, Individuellste und Intensivste, was wir bisher im alten Ägypten gesehen haben. Es erscheint als völlig
unglaublich, dass diese halbplastischen Darstellungen bereits
vor nunmehr circa 3500 Jahren entstanden.

Freitag, 20.2.2009, Abu Simbel – Assuan

Auf der Fahrt mit dem Bus im Militärkonvoi durch die Wüste nach Assuan öffnen sich mir die Augen im Gespräch mit Frau Morin, Mutter von 3 erwachsenen Kindern und Frau eines Pariser Franzosen, füllig, bodenständig, einfach. Man sieht ihr ihre philosophischen Fähigkeiten nicht an.

Ich erkläre in einem Ansatz, dass der Mensch sich unter anderem nur dann glücklich fühlen kann, wenn es ihm gelingt, seine logisch unausweichliche Einsamkeit zu überwinden, indem er die Existenz des Nächsten außerhalb seiner selbst emotional als zwingend spürt und sich selbst in ihm wenigstens phasenweise vergessen kann.

Das stieß bei Frau M. auf Widerstände. Sie empfand Glück anders. Sie versuchte, sich darüber klar zu werden, indem sie sich fragte, wann sie sich unglücklich fühlt: dann, wenn sie sich mit sich selbst nicht mehr in Übereinstimmung fühlt – sie nur noch auf ihre Umwelt und deren Anforderungen reagiert – sie sich also gerade zu viel an den Nächsten, den Anderen verschwendet hat. Ich hielt sie daraufhin für altruistisch in ihrer Grundreaktionsweise. So sah sie sich selbst auch; während ich mich als egozentrisch empfinde. Um unser Gleichgewicht, und damit einen wichtigen Teilaspekt des Glücks zu realisieren, müssen wir also gegensätzliche Anforderungen an uns stellen!

Samstag, 21.2.2009, Assuan – Luxor

Neben und unter mir fliegt ein Kormoran dicht über dem Nil und parallel zu unserem Schiff. Ich sitze auf unserem Doppelbett – die Beine hoch – den Blick durch die die Seitenwand füllende Schaufensterscheibe auf Wasser, Ufergrün, Felder, Palmen, auf dem Boden lagernde Menschen, spielende Kinder, mit Säcken beladene Esel und die Wüste. Aus dieser höchst

kultivierten Distanz biblische Bilder des Friedens und Zeit-
stillstands.

Zwischenstopp in Kom Ombo; parallelachsiger Doppeltempel,
dem falkenköpfigen Horus als Mediziner und seinem Bruder
Sobek, dem Krokodil als Zerstörer und Überlebenskünstler,
geweiht, circa 200 vor bis 200 Jahre n. Chr.

Später Edfu mit dem vollständigsten Tempel am Nil aus grie-
chisch-römischer Zeit. Hier soll Horus den Seth getötet und
somit seinen Vater Osiris gerächt haben.

Wenn Träume wahr werden, so war diese Reise bisher schon
einer davon und die Tempelanlage von Edfu einer seiner einzigartigen Höhepunkte!

Sonntag, 22.2.2009, Luxor

Theben West vor Augen bequem vom Sonnendeck unseres
Schiffs aus. Der Abstand zwischen uns in unserem Luxus in
Luxor und einem Felachen auf seinem Feld ist sicher ver-
gleichbar mit dem zwischen diesem und dem Pharao damals.

blaues Nilband
grün eingefasst
dahinter die Felspyramiden
des Gebirgszugs Westthebens
dort ging die Sonne unter
dort endete das Leben
Beate fand dort
Horus, den Falken
was nehmen wir mit
in das Jenseits
alles, was unsere Sinne
fassen können
im Grabe des >Nacht<
eine nackte Gespielin
in weiblichster Anmut
wir können nicht anders
wir sind unsterblich
dem Augenblick hingegeben
das ist die Ewigkeit
die nie wiederbringbare
Ewigkeit des Augenblicks.

Dienstag, 24.2.2009, Karnak

Heute der Höhepunkt: die Säulenhalle von Karnak, gigantisch
ins Unermessliche, 34 Säulen mit einem Durchmesser von je
3 m, einem Umfang von 10 m, einer Höhe von 22 m

an 8 Säulen und einer Höhe von 15 m der restlichen. Auf jedem Kapitel hätten 50 Menschen Platz gefunden; gebaut vor 3 ½ Tausend Jahren von Ramses II.

Die enorme Widderallee – das Tier des obersten Gotts Amun Re, hier würdig geehrt; eindrucksvoll, nicht unbedingt schön. Am Abend im Flutlicht der Tempel von Luxor: welche Eleganz – wie unglaublich groß, gepflegt und erhalten – bis hin zu Alexander, dem Großen, und dem Fruchtbarkeitsgott Min mit dem erigierten Glied in steinerner Härte.

Morgen früh erwartet uns eine Ballonfahrt in Morgengrauen, das Museum in Luxor und der Rückflug nach Kairo.

Mittwoch, 25.2.2009, Luxor

Wir waren durchaus nicht die Einzigen. Wie Trauben blähten sich Konglomerate bunter Ballons durch die Aufheizflammen inwendig in der Morgendämmerung magisch erleuchtet. Wir wurden dann von einer sanften Morgenbrise gemächlich nach Norden – Osten – Süden – Westen, also im Kreis herum geweht mit herrlichsten Ausblicken unter anderem auch auf die Hatschepsut Tempelanlage, um diese Zeit in der aufgehenden Sonne menschenleer, die Memnon Kolosse und den Tempelbezirk Ramses III. Zum Abschluss, nach sanfter Streifung einer Palmenkrone, eine perfekte Landung.

Dienstag, 13.10.2009, Nancy

Noch einen Stadtgang durch diese uns unbekannte, etwas tot wirkende Stadt, wahrscheinlich auf Grund der Anhäufung großartiger, strenger Prachtbauten aus einer anderen Zeit und Karree um Karree etwas gleichförmig, künstlich wie aus einem Guss hingesetzt, am Menschen vorbei. Es fehlen all die kleinen, liebenswürdigen Unzulänglichkeiten, die das Leben eigentlich ausmachen. Wo blieb das gemütlich Unordentliche?

Mittwoch, 14.10.2009, Nancy

Auf dem Place de Stanislav in der noch wärmenden Oktober-sonne im Korbsessel; vor uns ein heißer café au lait, rechts und links von uns Rentner? So hat Beate sich das Rentnerda-sein vorgestellt. Hier haben wir einen Vorgeschmack. Alle an-deren arbeiten, und wir sind wie die Vögel auf den Feldern! Gestern noch höchst angespannt konzentriert in der Praxis, heute entspannt, locker. Neben mir plätschert das Französisch ohne Unterbrechung am Nachbartisch um die Wette mit den Eckbrunnen gleich daneben. Dahinter das Musée des Beaux-Arts, das soeben, es ist 10:00 Uhr seine Pforten öffnet, für uns?!
Hinter einer der sterilen Fassaden, mit denen sich der Place de Stanislav so prachtvoll schmückt, erwies es sich innenarchi-tektonisch als außerordentlich innovativ reduziert, modern, sodass trotz mäßiger Exponate, abgesehen von der allerdings ganz außergewöhnlichen, reichhaltigsten Vasen- und Porzel-lansammlung in den ausgedehnten Kellerhallen, an jeder Ecke Freude aufkam, und wir sehr zufrieden Nancy verließen.

Samstag, 20.3.2010, Kopenhagen

Trübes Regenwetter; bei Kerzenschein an einem Holztisch-
chen im Industriekunst Museet. Beate hat „ihre" Köpping Gläser gefunden, und ich habe sie fotografiert. Wir blicken in ein
grau-grünes Innenhofgeviert mit einem rhythmischen Vor-
hang knorrig beschnittener Baumstämme; Mauern und Himmel grau-diesig; Dächer schieferdunkel; Kamine im Rhythmus
der Bäume. Hier drinnen sanftes Gesprächsgemurmel der
Nachbartische zu Kaffee und Kuchen.

Jalousielamellen
spaltweit gespreizt
ein Augenblick nur
das Hofgeviert
grasgrüner Grund
schwarz-nasse Stämme
rhythmischer Tanz
knorrig verrenkt
lautlos
still
ein Augenblick nur

Samstag, 10.4.2010, Paris

Nach Paris diesmal mit einem besonderen Ziel, den escaliers
d´argent! Im Internet hatte ich schon in Köln zu meiner
großen Freude festgestellt, dass dieser kleine Laden in den
Galerien des Palais Royal noch existierte. Beate und ich hatten
ihn erstmals circa 1997 wegen seiner mehr als prachtvollen
Kollektion von Fliegen entdeckt. Damals bediente uns ein sehr
freundlicher, älterer Herr, der Ehemann der Inhaberin, einer
Madame Jacquard aus der berühmten Tuchspinnereifamilie
Jacquard in Lyon. Aus kostbaren, alten Stoffmustern dieser
Fabrikation stellte sie außerordentlich ansprechende,

individuelle Fliegen her, sodass ich bei meinem ersten Besuch des Ladens Beate bat, sich vorübergehend anderweitig zu beschäftigen, um mir die Muße zu sichern zu einer würdigen Begutachtung des überaus erfreulich umfangreichen Bestandes. In der vagen Befürchtung, dass diese Gelegenheit doch wohl nur einmal erlebbar sei, wählte ich mir damals gleich 9 Fliegen aus, die mich seitdem konkurrenzlos erfreuten, und von denen nur eine einzige auf Grund besonders feinfädiger Webtechnik den tagtäglichen Anforderungen nicht standhielt. Diesmal wurden wir von einer gepflegten, freundlichen, älteren Dame begrüßt, der Geschäftsinhaberin, Madame Danon Jacquard. Mit Tränen in den Augen teilte sie uns mit, dass sie ihren Mann, der uns damals bei unserem ersten Besuch bedient hatte, vor wenigen Wochen verlor. Er war aus vollem Wohlbefinden völlig unerwartet plötzlich neben ihr tot zu Boden gestürzt. Da sich die beiden wohl sehr gut verstanden hatten, tat uns die Ärmste sehr leid, und auch uns, in Übertragung ihres Schicksals als möglicher Weise auch uns zukünftig drohendes, kamen fast die Tränen in die Augen.

Wir fassten uns dann aber, denn ins besonders ich hatte ja noch eine allerdings fast unanständig erfreuliche, wichtige Aufgabe zu lösen, deren Scheitern aus Mitgefühl Madame ja nun wirklich auch nicht geholfen hätte. Mit dieser Argumentation mich tröstend oder entschuldigend löste ich mein Vorhaben sodann trotz allem zutiefst genussvoll, so zu sagen in ehrender Erinnerung an den Verstorbenen und an seine damals so erfreuliche Vermittlung meiner ersten escaliers d'argent Fliegen. Auch diesmal und schließlich auch mit Beates ergänzender Hilfe wählte ich mir 9 Fliegen aus, sozusagen im Vorgriff auf meinen Geburtstag.

Das Ereignis feierten wir sodann mit einem köstlichen, kleinen Imbiss im Gartencafé des Musée des Arts décoratives zwischen den prachtvollen Flügeln des Louvre noch immer in herrlicher Sonne und bei einem Glas Rotwein. Recht eigentlich hatten sich hiermit ja schon am ersten Tag die Hauptvorgaben unseres Parisbesuchs angenehmst erfüllt, sodass für den noch langen Rest nichts als „Freizeit" anstand, die wir zum fröhlichen Tagesabschluss mit dem Kauf von 2 Flaschen Wein, Käse, Schinken, Gurken, Feigen usw. vertrieben und sonstiger Kurzweil, die ja nie zu lang währen konnte, die Nacht aber schon, mit allerlei Träumen bei offenem Fenster durch drei Decken gewärmt bis 9 Uhr am Morgen.

Montag, 12.4.2010, 19:45 Uhr, Paris

That's the day, and I am glad, I am away – aber heute Morgen, im Dunkel der Nacht, sind Beate und ich gleichzeitig aufgewacht und haben spontan und unbedacht gemacht, was uns gelöst und fest wieder schlafen ließ. So gedenkt man gern seines Älterwerdens. Als wir schließlich nach grundvoll tiefem Schlaf die Vorhänge zur Seite zogen, war der Himmel schon wieder und trotz des schönen Anlasses frühlingsblau. Wir schafften es dann noch rechtzeitig zum Frühstück um halb elf. Soeben haben wir Brüssel im Thalys verlassen. Ich habe alle zu erwartenden (und erhofften) Gratulationsanrufe auf meinem und auf Beates Handy in der Klangenge des Zugabteils glücklich und etwas schamvoll überstanden, sodass für den Rest des so überaus schnellen, seidenweichen, schienenstoßfreien Dahingleitens in Richtung Heimat die reine Entspannung ansteht – horizontales Dahinschießen, hoch surrend, drehend auf blankpolierten Eisensträngen wie sonst nur auf Schlittschuhen möglich doch besinnungslos schneller.

Samstag, 5.6.2010, Berlin/Prag

Heute Nacht tiefer, guter Schlaf mit plastisch-komischen Träumen, die sich leider wie Flocken schon wieder entmischen. Eckhard kam darin vor, dem ich auf seine nackte, behaarte Brust Schockoladenstreusel streute – macht ja keinen Sinn, wirkte aber lustig.

Keine Kopfschmerzen trotz des Leerens der Schnapsflasche gestern Abend mit Schokolade und Aprikosen zu „Verbrechen und Strafe/Raskolnikow" in der Übertragung von Swetlana Geier (früher „Schuld und Sühne") – jetzt beim erneuten Lesen Jahrzehnte nach meinem Erstverschlingen in jugendlichem Alter und nach Interviews Swetlanas: „der Raskolnikow ist ein Stakkato-Roman mit brisanten Ereignissen, die in dichtester Folge innerhalb von nur einer Woche abspulen" – das war mir damals gar nicht aufgefallen – und am Ende die Entschleunigung mit „Leben ist allmählich" – doch so weit bin ich noch nicht – ich bin... und hier stürze ich in eine Unterhaltung mit meiner Sitznachbarin im Intercity nach Berlin. Sie war in Bielefeld zugestiegen. Wenig später baten wir sie, auf unser Gepäck aufzupassen, und entfernten uns in den Speisewagen. Dann folgte eine intensive Nonstop-Unterhaltung mit ihr, Ulrike Schultz aus Ostberlin, die z. Z. ihre Dissertation als Wirtschaftshistorikerin an der Uni Bielefeld schreibt: „Ihre Argumentation kenne ich, muss hier aber meine ostdeutsche Sichtweise einbringen."

Ulrike könnte altersmäßig unsere Tochter sein. Die gegenseitigen Sympathien sind so groß, dass die unterschiedlichen Ost-West-Sichtweisen sich angleichen, wir plötzlich schon am Lerther Bahnhof sind und noch schnell unsere Adressen austauschen. Das war das erste Spontangespräch mit der neuen Generation der ehemaligen „DDR", 20 Jahre nach der Wende.

Ihr gehört die Zukunft, obwohl sie sich dessen noch gar nicht bewusst ist.

Montag, 7.6.2010, 11.00 Uhr, Prag

Dresden Hauptbahnhof. Der Zug hat sich gerade auf ein fast wieder normales Maß entvölkert. Berlin – Dresden – Prag – Villach: eine ungewohnte Fahrtrichtung mit ungewohnter Population mit osteuropäischem Touch in Form voluminöser Gepäckstücke und überbordender Vitalität und Ungeniertheit. Reisen bildet?

Aus der Gepäckablage sieben Meter vor mir ragt eine deutsche Nationalfahne – mal sehen, ob die noch vor der tschechischen Grenze eingeholt wird? Aber nein, der Name des Bahnhofs soeben war unaussprechlich, und die Fahne hängt immer noch da.

Dafür war es im Speisewagen total leer, der Elbe folgend, randvoll mit dunkelbraun schlammigem Wasser, vorbei an der Bastei, wo wir damals mit der Fähre übersetzten, und die Freiburger Damenrunde, allen voran Ingrid Hackenschmidt, mich umtanzte: >Wir winden Dir den Jungfernkranz aus himmelblauer Seide.<, und ich inmitten.

Es ist immer noch Montag, 18:10 Uhr, die Fenster beide offen. Die dunkelbraunen, bis zum Boden reichenden Gardinen bauschen sich in der Sommerbrise. Beate kniet im Internet, und ich liege auf dem Rücken in der Liliova 8, im Herzen der goldenen Stadt, lasse die Seele baumeln und schreibe und wundere mich, warum Kafka in seiner Stadt so lärmgeplagt war? Wie gut haben wir es doch getroffen als 2. oder 3. Mieter eines Komfortappartements im 3. Stock im Hinterhof, mit Blick über das verschachtelte Dachgewirr der Altstadt in Richtung auf das Klementinum, auf Türme und Kuppel der Salvator-Kirche und des Altstädter-Tor der Karlsbrücke. Hier sind wir völlig frei und unabhängig in Ort- und Zeitgestaltung.

Unser Haus in der Liliova 8 sah noch vor 5 Jahren fatal aus, wie wir aus einer Fotodokumentation im Hinterhofhaus erfuhren. Es war total versifft und verkommen. Wenn wir es nicht auf den Fotos gesehen hätten, nie hätten wir das geglaubt. Bei der Renovierung hat man dann an nichts gespart, weder an Geld, noch an Mühe, noch an Können und gutem Geschmack. Wir dürfen nun darin leben. Seit einem Jahr wird unser Zimmer vermietet!

Dienstag, 8.6.2010, Prag

Nachmittags über die Karlsbrücke – vorher noch durch das Klementinum – zur Kleinseite – dort die barocke Nikolauskirche bis zur Orgelempore hinauf; dann in die Trzisté-Str. beginnend mit dem Palais Vrtba – fast nicht gefunden und völlig unaussprechlich – aber durch seine Gartenanlage ein voller Genuss mit Fernblick auf das Stadtpanorama im Sommerwetter und Nahsicht auf St. Maria de Victoria, die Nikolauskirche, den Hradschin und direkt angrenzenden Garten der amerikanischen Botschaft, leicht kenntlich durch den verfolgungswahnsicheren, für die Ewigkeit geschmiedeten Hochzaun. In diesem Garten erging sich einst Kafka in einer seiner produktivsten Phasen, als er im 2. Stock des heutigen Botschaftsgebäudes logierte und auf dem Hradschin in der Alchimistengasse ein ungeheiztes, kleines Häuschen, das seine Schwester für ihn gemietet hatte, nutzte, um ganze Nächte hindurch zu schreiben, das heißt, jenem, wie er selbst sagt, tiefsten Drang zu folgen. Es war Winter, und er konnte mitten in der Nacht aus seinem Zimmer direkt in den Schnee nach draußen treten. Hier war es ruhig, und von hier aus nahm seine Tuberkulose wahrscheinlich ihren Ausgang.
Von hier folgten wir wohl auf den gleichen Gassen wie er,

vorbei an der prunkvollen Deutschen Botschaft – dem Lobkovic-Palais – dem Weg, oft noch mit den konservierten, verschnörkelten Originalschriftzügen der deutschen Straßenbezeichnungen auf den Hauswänden, hinauf zur Burg, bei Kafka muss das „Schloss" heißen, lustwandelten durch die gepflegte und menschenleere Gartenanlage vor dem Schloss nach Osten, erklommen in halber Höhe durch die Schlossfront über Treppen den Schlosshof, passierten die goldene Pforte des Veitsdoms, vorbei am Alchimistengässchen, das aufgerissen zur Zeit nicht erlebbar war, und genossen Kaffee und Kuchen im Burg-Café und ein Glas tschechischen Sekt brut im Weinberg östlich des Schloss mit überdachtem Blick auf das Stadtpanorama bei einem heftigen Gewitterguss. Dann, oh welches Glück, erwischten wir traumwandlerisch den oberen Eingang in die sehenswerten Palastgärten der Prager Burg. Das war ein in hohem Grad runder Tag! Einschliefen wir Gott weiß wie wann – was hatten wir denn sonst noch alles getan.

Freitag, 4.3.2011, Stockholm

Vorher noch schnell in das Liljevalchs-Kulturzentrum, wo augenblicklich eine aktuelle Ausstellung lokaler Künstler präsentiert wurde. Zuerst nur in das Café; durch die dort schon ausgestellten Bilder und den auffallend starken Publkumsandrang offensichtlich hoch motivierter und interessierter Zeitgenossen wurde unsere Neugier derart gesteigert, dass wir Eintritt zahlten, die Mäntel ablegten und uns dem Kunstgenuss hingaben.

Augenblick
Blick ohne Augen
Kopf gebeugt
Morgenrock fädig
Ringfinger
zwei Ringe
vorbei

Sonntag, 6.3.2011, Stockholm

Beim Kaffee trinken den Blick auf Södermalm, Sofia Kerkan,
wo einst die „Hexen" verbrannt wurden. Der Mensch mit seiner defekten Psyche – dank eines klugen Königs wurde damals
eine Kommission mit aufgeklärten Persönlichkeiten der Wis-
senschaft eingesetzt zur Klärung der Beschuldigungen. So ließ
sich der Verleumdungswahn bremsen. Die Verleumder wurden zudem hart bestraft. Hier durfte sich der Mensch einmal
nicht im Namen der Religion und Moral seinen schlechtesten
Gelüsten hingeben.
Das Wetter animierte zu einer Überlandpartie, die ganz im
Zeichen Kurt Tucholskys stand. Mir war in einem Prospekt des
Tourist Office über die königlichen Schlösser als schönste Kulisse die des Schloss Gripsholm in Mariefrid am Mälarensee,
etwas südwestlich von Stockholm, aufgefallen.
Tucholskys Verbundenheit mit diesem Ort löste dann alles
Weitere aus. Über Beates Laptop und den Hotel-Internet-
Zugang machten wir uns kundig über Tucholsky und seine
besondere Beziehung zu und sein Ende in Schweden.
Dieser so begabte und so unglückliche Mensch, der die so un-
beschwerte Beziehungskiste Rheinsberg verfasste, die ja so
nie passiert ist, diesem geistigen Schneepflug verdanken wir
heute einen guten Teil unserer Denkfreiheiten und unseres
Bewusstseins. Und er glaubte, er habe mit all seiner

Schreiberei Nichts erreicht! Sein Leben zerrann mit seinen ja auch für Schloss Rheinsberg so typischen Frauengeschichten. In seinem letzten Brief an seine 2. geschiedene Frau, der er doch alles vererbte, schreibt er über sich selbst: „hat einen Goldklumpen in der Hand gehabt und sich nach Rechenpfennigen gebückt; hat nicht verstanden und hat Dummheiten gemacht; hat zwar nicht verraten, aber betrogen und hat nicht verstanden!".

Wir erreichten das Schloss am zugefrorenen Mälarensee gegen 16:00 Uhr in warm leuchtender Abendsonne, umrundeten es und genossen seine Atmosphäre umgeben von Schwarzerlen an den unberührten Weiten des Mälarensees.

Zum Besuch Tucholskys wahrscheinlich doch zugeschneiter Grabplatte an der Kirche reichte die Zeit nicht mehr. Auf ihr steht geschrieben: „Alles Vergängliche ist nur ein Gleichnis", Faust II; es hätte aber sein eigener Nachruf auf eins seiner Pseudonyme, Ignaz Wroblitz, seien sollen: „Hier ruht ein goldenes Herz und eine eiserne Schnauze – gute Nacht!" – vielen Dank, Kurt, für die Schnauze!

Montag, 7.3.2011, Stockholm

Es ist 7:00 Uhr und schon hell. Ich bin soeben erwacht, fühle mich ausgeschlafen, habe mich erhoben und sitze vor dem Fenster im Sessel mit Blick auf den Ostseearm, der Södermalm von Skeppsholmen trennt, und der sich bis zur Gammla Stan erstreckt. Der Himmel ist gleichförmig grau, und über die völlig reglose, wie gefroren wirkende Wasserfläche, in der sich verwaschen die Gebäude des gegenüber liegenden Södermalm spiegeln, flog soeben eine Gruppe von Schwänen flach dahin in Richtung Gammla Stan. Bei diesen schweren Tieren wundere ich mich immer, wie sie es fertigbringen, sich mit ihren so leichten, substanz-losen Flügeln in der Luft zu halten?

Das Bild ist gerahmt durch den auf das Wasser zulaufenden Längsfirst des alten, dem Hotel Skeppsholmen zugehörigen Fuhrgebäudes links unter mir mit seinem fast schwarzen, von Schneeresten bedeckten Kupferdach, in dessen Verlängerung jenseits des Wassers auf der Höhe hinter dicht verschachtelten Häuserblöcken der spitze, grün-kupferne Turm der Sofia Kyrka sichtbar ist, und wird rechts begrenzt durch die hoch aufragende Kuppel und Spitze der Katarina Kyrka, dazwischen scherenschnittartiges, zierliches, schwarzes Baumkronengeäst auf schneebedeckt weißem Wiesengrund und vor silbrig changierender, doch wirklich gefrorener Wasserfläche, durch die soeben an ihrem äußersten Rand zum noch offen verbliebenen Wassersaum am gegenüber liegenden Ufer die Skeppsholmener Fähre gleitet. Der Himmel, der sich gestern noch makellos und strahlend blau darstellte, ist inzwischen strichweise aufgehellt und lässt dort Tiefe erkennen.

Freitag, 22.9.2011, Teneriffa

Gestern Abend war es soweit. Bei leichtem Regen fuhren wir nach Santa Cruz in das Auditorio de Teneriffa von Santiago Calatrava. Die Anfahrt, höchst verworren, klappte auf Anhieb bis in die Tiefgarage. Wir waren früh dran. Teneriffa präsentierte sich akademisch, festlich, chic – die Damen, ein Genuss für die Augen – und Beate stand in nichts nach! Ich hätte sie filmen mögen, als sie nach Besuch der luxuriösen Toiletten zum Anbeißen frisch, fragend nach mir Ausschau hielt! Wir hatten reichlich Zeit zu einem Glas Rotwein in dieser überaus eleganten, weit hingestreckten Empfangshalle, die wir ja schon kannten, die sich aber nun hell erleuchtet besonders festlich präsentierte. Der Bau hielt und übertraf alles, was er ja von außen schon versprach. Keine Perspektive, die nicht ungewohnt, abstrakt, einfach und überzeugend gewirkt hätte!

Gott sei Dank, wie man ja so sagt, wurde ich auf das Fotografierverbot erst in der Pause hingewiesen, nachdem ich mich bereits völlig der Sache hingegeben schon matt fotografiert hatte. Trotz der störenden, pompös-symmetrischen Außenaspekte ist das Auditorio eine großartige, architektonische Einmaligkeit, auf die selbst Metropolen neidisch sein dürften. Unsere per Internet gekauften Eintrittskarten erhielten wir schließlich auch, allerdings nur nach nochmaligem Einsatz meiner Mastercard, die ich glücklicherweise mit mir führte. Der Rigoletto selbst – eine Darbietung von über drei Stunden – mit 2 Pausen, mit herrlichen Stimmen in glanzvollster Ausführung aber auch mit allen ungewollt komischen Effekten, deren eine Oper nun mal zwangsläufig fähig ist; mit anderen Worten, wir hatten viel zu lachen, trotz des durchaus traurigen Plots! Geistig rundum satt und erfüllt trafen wir so gegen viertel vor eins wieder in unserem Steilküstenfelsennest, el faro, ein; vom Parkplatz bis her zu unserem Haus immer noch eine Vierteltunde auf holprigem Gebirgssteig im Dunkeln mit Taschenlampe und Schirm im Nieselregen aber in tropischer Wärme auf aalglatten Steinen. Zu Hause zum Einstimmen auf den Schlafgang und die lustvolle Entspannung, davor noch ein Fläschchen Vino tinto!
Unter mir tost das Meer, faszinierend wie am erste Tag.

Amphibrachys (unbetont-betont-unbetont):

Zweitausend
und elf im
September
San Juan
la Rambla
las Aguas
el Faro
das Tosen
und Dröhnen
der Brandung
an Deine
Grundfesten
macht süchtig
wir kommen
bald wieder
Beate
und Thomas

Mittwoch, 28.9.2011, Teneriffa

Nur noch Entspannung. Mittags das Essen in la Escuela auf
offener Terrasse über las Aquas und seinem Parkplatz mit
seinem Kommen und Gehen.
Appetithappen so delikat, ja erfreulich, in kleinen Portionen
und gar nicht belastend – der reine Genuss – das Essen im
Spiel, zur Unterhaltung. Schon die Bestellung sprengt das Ge-
wohnte. Die Vorspeisen zweimal und auch verschieden: mit
groben Salzkörnern gebraten die Minipaprikas, eine ganze
Schüssel voll grasgrün gefüllt nach Art des Hauses – jede Scho-
te ein Genuss. Daneben Muscheln gebraten in ihren Schalen,
geöffnet, farbig umrandet, mit Kräutern gewürzt und dekoriert – das lässt sich an mit einem Rosé und einem kühlen

Blonden. Daneben genießen wir optisch die Speisen der Nachbarn. Hier kommt man zu Mittag noch weit nach 15:00 Uhr! Zur Hauptspeise dann gebratener Tintenfisch mit köstlich frischen, handgeschnittenen, goldgelben Pommes frites – auch warmes, knuspriges Brot mit Butter – dann einen Espresso und Café con leche, gefolgt von Crème caramel – stand auf der deutschen Speisekarte – heißt aber spanisch ganz anders! Wir bekamen dann zwei bauchige Gläser mit Whisky caramel, eisgekühlt und unbedingt lecker, hob auch nochmals die Stimmung, und Beate bemerkte, es habe lange gedauert, bis sie sich eingewöhnt, und sie könne jetzt noch eine Woche vertragen! Die Verzögerung lag daran, dass la Escuola in der ersten Woche unseres Aufenthalts hier geschlossen hatte. Daraufhin ließen wir uns nochmals die Karte bringen für das Dessert! Und diesmal klappte es mit einem Karamell, allerdings als Pudding, und zwei bollas di helado. Dann wankten wir beschwingt zum el faro, unserem Felsennest im steilen Gestein hoch über der Bucht, wo der Nachmittag einen befriedigt, erfüllten Ausklang fand. Gleich fahren wir für den Abend zum schönen Garachico gen Westen der Sonne nach.

Donnerstag, 29.9.2011, Teneriffa

Jeden Tag nun Morgenlauf. Das Wetter wie Gummi, nur schön, endlos dahin gespannt. Der Urlaub rundet sich, die Hemmungen fallen, die Zwänge auch. Trotzdem schwingt alles im Einklang. Hier ist es subtropisch, das Licht luzide. Schon morgens fahren wir wieder nach Garachico. Der Ort macht süchtig. Dörfliche Eindrücke auf hohem Niveau, da einfach und nachhaltig stimmig, was immer man sich darunter auch vorstellen mag. Doch dann noch ein altes Dominikanerinnenkloster am Zentralplatz, ein Ort der Ruhe und optischen Ausgewogenheit mit seinen zwei zentralen Kreuzgang Innenhöfen, säkularisiert zu einem Museum hauptsächlich über die katastrophale

Vernichtung des einst bedeutenden Orts durch den Ausbruch des Vulkano Negro 1706.

Schließlich um circa 14.45 Uhr erreichten wir la Escuela, das Terrassen-Restaurant am Eingang des steinigen Caminos, der zu unserem Felsennest el faro führt. Wir waren die einzigen und schon wohl bekannten Gäste und bestellten nur sieben verschiedene Vorspeisen zusammen mit drei Gläsern Rosé und zwei Gläsern Whisky caramel, die als invitado zu Lasten des Hauses gingen, ferner noch Espresso und Café con leche. Höchst lustig verließen wir die Lokalität, um nach steinigem Aufstieg – nicht weniger lustig – die Lustbarkeiten noch reichlich zu prolongieren – hier stört man ja niemanden! Später bekomme ich endlich auch meine Fotos vom Haus. Wenn es auch nur eine kleine, alte Fischerkate ist, die den Vergleich mit dem Pisspott aus dem „Fischer un syner Fru" durchaus nicht zu scheuen braucht und dem im Internet vorgespiegelten Eindruck eines hypermodernen Luxusschuppens ebenso durchaus nicht entspricht, haben wir nun doch die Stärken dieser Behausung derart durchlebt, dass wir eine zukünftige, nochmalige Wiederholung ebenfalls durchaus für vorstellbar halten. Das Haus hat etwas für Pisspottromantiker aus Alemania!

P. S.: Was mir noch auffiel: in la Escuela (die Schule) bin ich erstmals in meinem Leben gerne und gelehriger Schüler gewesen, und aus der Pu-pu-pu-pu-pusteblume wurde ein ausgewachsener Löwenzahn, könnte man sagen.

durch das offene Fenster
Urlaub im Schall
Jungengeschrei
fern, verhallt
zeitlos
im Spiel
im Licht lauer Luft
leicht ohne Zwang
Meeresrauschen
Dünung
Entspannung

Samstag, 29.10.2011, Venedig

Nebbia sul canale in tutte le due direzioni! Aber dann... blauer
Himmel und Sonne! Wir fahren mit dem Vaporetto – wir haben gestern gleich eine 7-Tagekarte gelöst – nach San Michele
– al cimitero. Zwei erwachsene, junge Söhne legen ihre Hand
auf den kleinen Sarg, dem sie folgen mit Tränen in den Augen.
Wir schließen uns dem Trauerzug an in respektvollem Abstand, verlieren ihn aber bald im Gewirr der Gräber und Eta-
gengrabmauern. Hier wimmelt es von Toten in allen nur
denkbaren Bestattungsvariationen. Auf einem der Gräber das
Foto di tutta la familia – der Vater, die Mutter – etwas abge-
härmt – und vor ihnen wie die Orgelpfeifen der Größe nach
aufgereiht acht Mädchen, circa 2 bis 16 Jahre alt. Für die
obersten Etagen der Mauergräber gibt es fahrbare Treppen-
plattformen, von deren einer wir einen Blick über die einfrie-
dende Friedhofsmauer zurück nach Venedig – zu den Leben-
den werfen. Dann geht es weiter nach Murano. Das Glasmuse-
um enttäuscht. Dafür erleben wir per Zufall, wie in einer fur-
nace binnen weniger Minuten an der Spitze eines Blasrohrs
aus einem kleinen, glühenden Glasklumpen ein zierlich-
anmutiges, höchst kitschiges Pferdchen entsteht, das auf

seinen Hinterläufen und Schwanzspitze stehend die Vorderläufe in die Luft erhoben anwinkelt. Dahinter im Durcheinander der Glasbläserfabrik versucht auf einem Foto an der Wand ein ebenso nacktes Pinup Girl es ihm gleich zu tuen. Wir sind beeindruckt und verlassen Murano alsbald in Richtung Isola San Erasmo mit der Linea tredici. Nachdem wir an der ersten Anlegestelle ausgestiegen sind, bemerken wir, dass wir hier noch nie waren (die Isola Vignole war eigentlich beabsichtigt wie 2002!). Ein einsamer, einheimischer Radler, der uns auf der verlassenen Straße entgegenkommt, lächelt ungläubig bis mitleidig auf unsere Frage nach einem Restaurant. Wir folgen der entgegen gesetzten Richtung, die er uns wies. Nach circa 2-3 km kräht ein Hahn, und wir stoßen auf dieser herrlich einsamen, unbevölkerten, landwirtschaftlich bestellten Insel auf etwas Restaurant Ähnliches, bekommen Café latte und Schokoladenkuchen und zu unserer größten Überraschung 2 Damenfahrräder für je 4 Euro per 2 Stunden, lassen unsere Taschen und Mäntel hinter uns und umrunden mit größtem Vergnügen in lauwarmer Herbst-Sommerluft auf einem leergefegten Teersträßchen mit Hilfe einer uns ebenfalls ausgehändigten Landkarte die gesamte Insel. Per Indianerlauf erreichen wir schließlich auch noch gerade rechtzeitig die Rückfahrtfähre, die hier nur alle 1-2 Stunden aufkreuzt. Am Spätabend sind wir dann noch auf kleinsten Gässchen und sottoporti durch das sistiere San Marco gebummelt, bis wir müde wurden. Aber Hunger hatten wir trotzdem, und die Restaurants hatten um 23:00 Uhr die Küchen geschlossen bis auf eine löblichste Ausnahme am Canale Cannaregio, nahe der Ponte Giulio. Das Lokal war gestopft voll mit jungen Leuten in bester Stimmung, und die Bedienung – eigentlich nur vier und somit unterbesetzt – hielt selbst zu dieser späten Stunde ein unglaubliches, freundlich zugewandtes Tempo durch, sodass wir sehr zügig und sogar preiswert – eine Rarität in Venedig! –

all unser späten Wünsche voll zufriedengestellt sahen. Zwei
Tage später klappt das dann deutlich weniger gut.

Sonntag, 3.10.2011, Venedig

Wurde zu einem schlimmen Tag: 50 000 Besucher waren in
der Stadt wetter- und feiertagsbedingt (Di. = Allerseelen!). Wir
hatten die dumme Idee, die Biennale aufzusuchen. Die Ultra-
schlangen an den Kassen brachten uns zur Besinnung und
dann leider nach San Marco. Mangels Gehplätzen verließen
wir die Örtlichkeit, so rasch es ging, über enge Gässchen. Am
fondamente teatro, in einem von hohen Hinterhausfassaden
umschlossenen Kanalbrückengeviert, blieb plötzlich die Zeit
stehen. Durch irgendein offenes Fenster des Teatro Malibran
drangen die auf- und absteigenden Koloraturen einer kraftvol-
len Frauenstimme und füllten den Raum, alle Phantasien und
Sehnsüchte freisetzend, wie vor Jahrzehnten in einer Auffüh-
rung des Marionettentheaters im Mövenpickgebäude am
Stachus in München. Leider konnte ich nur noch eine einzige
Kolaratur mit dem iPhone aufnehmen. Die Sängerin hatte sich
offensichtlich zu einer an diesem Spätnachmittag beginnenden
Händeloper im Malibran eingesungen – ein Schmetterling war
vorbeigeflogen im Spätherbst –.

23.11.2011, Köln

der Weg
so schwer
so lang
das Leiden
die Nächte
die Angst
Dein Gang
Dein Kampf
so aufrecht

all unsere Tränen

wir weinen

um uns

weil wir

NICHTS

verstehen

Freitag, 22.6.2012, Touraine, Devinière, Rablais

Wir fuhren auf der Dammkrone zunächst des Chèr bis zu
seiner Mündung in die Loire, völlig allein für uns und in einer
angenehmst grünen Flusslandschaft, die sich auch Loire ab-
wärts nicht änderte, sondern eher noch großartiger und groß-
zügiger wurde. Bei Langeais kreuzten wir den Fluss auf einer
vielbogigen Hängebrücke hinüber zur Schlossburg von
Langeais, tranken dort einen Kaffee in den kleinen Gassen mit
Blick auf die hohen, verschlossen abweisenden Burgmauern
und Festungszinnen, die aber im warmen Sommerwetter etwas von ihrer Strenge verloren. Weiter folgten wir im offenen
Auto der Loire flussabwärts, die sich immer wieder in majes-
tätischer Breite präsentierte, oft mit unmutig aufgeworfenen,

quer laufenden Wellen im frischen, vom Atlantik her wehenden Gegenwind, sodass sie gelegentlich den Eindruck erweckte, man könne sie, da sie auf Grund der Rauigkeit ihrer Oberfläche ganz flach erschien, laufend zu Fuß überqueren. Es fiel uns dann auch wirklich auf, dass sie nicht beschifft ist. Nur gelegentlich findet sich vielleicht einmal ein flacher Kahn oder Nachen. In Höhe Huisme verlässt die Uferstraße, die wie fast alle auch noch so kleinen Straßen in Frankreich minutiös nummeriert sind: hier die D 16, die Dammkrone, quert wenig später den Indre und führte uns direkt in ihrer Verlängerung in die Pilletrie.

Die Devinière – Wahrsagerin – das Geburtshaus Rablais, nur wenige Kilometer südlich der Pilletrie, wurde dann zu einem Erlebnis ganz besonderer und gar nicht erwarteter Intensität. Zudem waren wir circa eine ¾ Stunde vor Schließung die einzigen Gäste. Jetzt habe ich eine ungefähre Vorstellung von Rablais Position in der französischen Literatur. Und wie nah ist er mir plötzlich: sein Riese Gargantua und dessen Sohn Pentagruel. Zumindest dem Vater bin ich schon begegnet, nämlich beim äußerst wortgewaltigen, mittelalterlichen, elsass-lothringischen Johann Fischart, dieser ohne Scheu multilingual grenzenlos sich verbalisierende, wortgewaltige Wortvergewaltiger, der einsprachig absolut unterforderte, gargantuesk sich übersteigernde, inspiriert durch Rablais, seinem großen Vorbild, ebenfalls wie er selbst aus der Grenzregion zwischen Frankreich und Deutschland. Er begeisterte mich damals zum >Corvus marinus<, dem morgensonnenblitzenden Kampf eines Rheinkormorans mit einem sich windenden, silbern gleißenden, todesverzweifelten Flussaal.

Hier treffe ich seine Quellen! Und auf dem umlaufenden Deckenfries in Rablais Geburts- und Arbeitsraum endet der Sinnspruch in übergroßen Lettern mit: TRINCKET ... BEUVEZ !

Sonntag, 24.6.12, Touraine

Als wir gestern am Samstag, unser Haus, La Moulonnière, mitten im Wald, bei schönstem Sonnenwetter so gegen 14:00 Uhr erreichten, und zwar aufgrund der guten Wegbeschreibung auf Anhieb, waren wir sehr angetan, obwohl wir vor verschlossenen Türen standen, und weit und breit niemand zu sehen war. Auch in dem ca. 100 m entferntem Haus des Patron war keine Menschenseele – eigentlich angenehm. Als Ankunftszeit war uns von der vermittelnden Agentur, Interchâlet aus Freiburg, aber auch 16:00 – 18:00 Uhr beschieden worden, was wir einen Tag zuvor auf dem Anrufbeantworter des Patron noch einmal bestätigt hatten. Aber 16:00, 17:00 und 18:00 Uhr verstrichen ohne merkbare Änderungen der Situation, sodass wir die Agentur in Freiburg anriefen, die uns per Anrufbeantworter mitteilte, dass ihr Büro am Samstag ab 14.00 Uhr nicht mehr besetzt sei. Wunderbar! Wir hatten plötzlich ein ziemliches Problem, markierten per Briefchen am Haus an den Patron unseren Weg, verließen die Stätte, um im Dorf nach möglichen Kontaktpersonen zu suchen. Die erste, die uns über den Weg lief, kannte den Patron, M. Raffestin, und zeigte uns das Haus, in dem er wirklich wohne. Nur stellte sich heraus, dass dieses Haus eine Baustelle in Renovierung und völlig verlassen war. Beate schlug daraufhin die eine und ich die andere Richtung zu eventuellen Nachbarhäusern ein. Über einen unwegsamen, verschlammten Traktorweg gelangte ich schließlich an einen weitläufigen, völlig verwahrlosten Hof, auf dem zwei pittoreske, untersetzte, ungepflegt bäuerliche Gestalten meiner ansichtig stumm auf mich warteten. Mit meinem >hervorragenden< Französisch vermittelte ich ihnen meine Situation in der vagen Hoffnung, gar den Patron selbst und seine Gefährtin vor mir zu haben. Dem war aber leider nicht so, was ich aus ihren Reaktionen ableiten konnte, während mir ihr Dialekt weitgehend verschlossen blieb.

Mein Anliegen hingegen war zumindest bei der Frau gut ange-
kommen, denn sie verschwand in ihrer Hütte und begann ein
temperamentvolles Telefonat. Als ich mich ihr zaghaft näherte, drückte sie mir plötzlich den Hörer in die Hand, und ich
hatte – pardauz – Mme. Raffestin leibhaftig am anderen Ende
der Leitung (Satellit). Sie war offensichtlich mit ihrem Mann
ans Meer gefahren (ca. 100-250 km) und hatte uns ganz vergessen. „Et que faire maintenant??"(moi!) – (et elle:) „Je vais
réfléchir" (nachdenken!) et retéléfonerais en 5 minutes" Das
war doch schon mal ein Ansatz! Ich erklärte meinen beiden
Mittlern, dass ich die Zeit nutzen wollte, um ma femme avec la
voiture zu informer und verschwand auf dem gleichen Weg,
auf dem ich gekommen war.

Na, als wir nach heißem Reifen und über einen wegsameren
Umweg und nach einer Beinahekollision mit einem entgegen-
kommenden Fahrzeug (Fahrerin!!) (Beate: Aber du warst
doch Schuld! Na klar, hab ich auch nicht bestritten), den Hof
wieder erreichten (mit knapper Not – wie im Erlkönig – aber
das Kind war nicht tot – da nicht da), hatte sich Mme. Raffestin
noch nicht gemeldet. Wir riefen sie dann selbst noch einmal
auf ihrer Handy-No. (numéro du portable) an – und zwar auf
Grund ihrer Mme. Weißschen Sprachübungen diesmal Beate,
was zu einer gesteigerten Verständigungsrate führte.

Mme. Raffestin schickte un bon ami aus Ouchamps, der in ca.
½ Stunde auftauchen sollte. Falls der nicht helfen könne, wollte sie uns eine Übernachtung in einem Hotel bezahlen und
ihren Urlaub am Meer vorzeitig beenden, um die Situation
dann endgültig zu klären.

Mme. la Fermière bekam von uns für ihre urlaubsrettende
Intelligenzleistung eine dicke Tafel Trauben-Nuss-
Vollmilchschokolade zu ihrer offensichtlichen Freude. Tat-
sächlich erschien ein junger Mann per Motorrad am Haus des
Patron, dem, das wir auch ursprünglich trotz fehlenden

Namensschilds dafür gehalten hatten, versicherte uns, dass er als Automechaniker durchaus geschickt sei, Autos aufzubrechen, nun aber sein Glück an diesem Haus versuchen wolle in Ermanglung des dazugehörigen Schlüssels, da sich der Schlüssel zu unserem Haus in diesem befinde. Wir begaben uns derweil zu unserem Haus, wo wenig später – nach gelungener Operation – der begabte junge Mann erschien. Von nun an lief alles zu unserer vollsten und überhaupt nicht mehr erwarteten Zufriedenheit.

Im Augenblick erscheint M. Raffestin, lui-même, bei uns auf dem Grundstück. Er entschuldigte sich tausendmal, war überzeugend sehr, sehr nett. Die Agentur hatte sie wohl nicht informiert!

Heute Morgen sind Beate und ich in herrlichster, ländlicher Umgebung gejoggt. Die Tourraine, also unsere Umgebung, die Gegend um Tour, gilt als der Garten Frankreichs. Als ich am Ende eines Fahrwegs auf sanfter Höhe an die Ecke eines Waldes gelangte mit Blick auf Ouchamps, dem Dörfchen, zu dem auch das von uns jetzt bewohnte Häuschen gehört, stieß ich dort auf ein weißes Steinkreuz, auf dessen steinernem Sockel geschrieben stand, dass hier Paul de Valleroger am 15. August 1944 von deutschen Soldaten standesrechtlich erschossen wurde. So unerwartet nah ist die grausige Vergangenheit. Beates Vater hieß auch Paul! Vielleicht werde ich noch mehr über das Schicksal des Paul de Valleroger erfahren, wenn M.Raffestin am Donnerstag endgültig aus dem Urlaub zurückkommen wird.

Er tauchte soeben noch einmal bei uns auf, um Beate die von ihr erbetenen Gartenhandschuhe und Scheren zum Heckenschnitt zu bringen – er war höchst erstaunt, dass Beate diese Utensilien zur Urlaubsgestaltung erbat, ersucht sie aber, seine eben erst sprießenden Dahlien zu schonen!

Montag, 9.7.12, Köln

Im Sessel bei Peek & Cloppenburg hinter der lichten, geschwungenen Walfischglashautfassade von Renzo Piano. Wie mutig diese völlig ungewöhnliche Konstruktion – welche Risiken für Architekt und Bauherrn. Doch wie unglaublich diese Dimensionen eines völlig neuen, weiten Wohngefühls mit Durchblicken über alle Etagen ungehindert durch Rahmungen auf die umbefindliche Stadtarchitektur und ihre Menschen am Boden auf der Schildergasse und in den umliegenden Cafés – schräg gegenüber die kleine Antoniter Kirche. Von oben gucke ich hinunter in das sich dahinter versteckende Café mit seinem sonnengefüllten Innenhof an die Antoniter angelehnt. Diese Architektur ändert das Lebensgefühl der Nutzer. Die Verkäuferin hier bestätigte das nach kurzer Überlegung: „man macht sich das gar nicht klar im Alltag, aber es stimmt". Normaler! Weise erleben Verkäufer doch nur Kunstlicht und Dudelmusik und gehen abends abgestumpft, erschöpft nach Hause. Nicht einmal das Wetter erleben sie!
Die zweite Verkäuferin, die ich fragte, hatte, für mich sehr überraschend, sogar ihren Arbeitsplatz von Peek & Cloppenburg, Wuppertal, zum Renzo Piano Bau in Köln hin verlegt, als sie von ihm hörte. Hört, hört!

Freitag, 12.10.2012, 8:38 Uhr, Istanbul

Beate und ich sitzen im Ajia Hotel und haben eine Tasse schwarzen Tee mit Milch genossen den Blick auf den in der Morgensonne sich erstreckenden Bosporus. Alles hat gut geklappt. Vor allem der Transport mit dem Taxi hierher. Obwohl der Taxifahrer und wir der gegenseitigen Sprache unkundig waren, erreichten wir unser Ziel auf der Diritissima dank der Lagepläne, die ich schon in Köln über Google Maps ausgedruckt hatte. Ohne sie wäre es eine mittlere Katastrophe ge-

worden. Soeben haben wir Stephan per Handy unser Geburts-
tagsständchen gesungen. Er stand auf dem Balkon über uns
und wähnte uns in Köln. Wenig später war er dann doch echt
verwundert, uns am Kaffeetisch vorzufinden. Wir sind dann
mit dem Wassertaxi den Bosporus hinuntergefahren zum mo-
dernen Kunstmuseum, in dessen Restaurant wir zurzeit sitzen. Den Rest des Nachmittags verbrachten wir wie gestern
Abend auf der Dachterrasse des Doga Balik, genossen als einzige Gäste den herrlichen Bonito Fisch aus dem Bosporus,
diesmal mit einem trockenen Weißwein, und erneut mit dem
360° Panorama, in dessen Mitte die Machtzentrale des ehemaligen osmanischen Reichs, der Topkapi Palast. Das Wetter ist
herbstlich, sonnig, verklärt, bei lauen Temperaturen.

Montag, 15.10.2012, 17:23 Uhr, Istanbul

In der untergehenden, güldenen Sonne, die im Marmarameer
funkelnd uns auf der Berghöhe des Georgklosters der Prinzen-
insel Büyükada wohltuend wärmt. Und da erscheint im Hintergrund auch schon der junge, freundliche Kellner mit gebra-
tenen Auberginen und Joghurt und Pommes frites und zwei
Flaschen kühlen Bieres. Das Glück stellt sich im Augenblick
dar. Was wäre noch zu verlangen? Das Anhalten dieses Zu-
stands? Der Stillstand? Wie unsinnig, selbst wenn es ging!
Gleich schwingen wir uns wieder auf unsere Mietfahrräder
und strampeln zurück in Richtung Hafen, von wo uns das letz-
te Boot zurück nach Kabatas/Istanbul bringen wird. Auf der
Fahrt hierher wie auch von dieser Insel zurück haben wir heute erstmals die gigantischen, wolkenkratzerähnlichen Sied-
lungsgebiete Istanbuls auf der asiatischen Seite nach Süden
entlang der Marmara Küste gesehen und konnten die Größe
dieser Megametropole von 20 Millionen erstmals erahnend
nachvollziehen. Die Sonne, milde, hell, als stünde die Zeit still,
lässt meine schreibende Hand leuchten. Wir brechen auf!

Dienstag, 16.10.2012, 14:30 Uhr, Istanbul

Im Innenhof des Museums für türkisch-islamische Kunst –
unglaubliche Teppichfragmente, groß dimensioniert, blumig,
prachtvoll; daneben kunstvollste, islamische Schriften – das
darf man nicht verpassen! Hinter den Mauern des Innenhofs
die Minarette der Blauen Moschee auf den Herbsthimmel ge-
haucht. Das ist roh und fundamentalistisch? Nein! Das ist 1001
Nacht, orientalisches Märchen, dass heute Morgen schon begann mit den Karpfen in den dunklen Wassern der Zisterne
des versunkenen Palasts des Kaiser Konstantin, der ihn bereits im vierten Jahrhundert als gigantischen Wasserspeicher
über eine Fläche von 140 × 70 m tief unter der Oberfläche er-
richten ließ mit einer Gewölbedeckenkonstruktion, kunstvoll
in Ziegelsteinen gemauert und getragen von einem unüber-
schaubaren Wald von 336 je 10 m hoch aufragenden Marmor-
säulen. Das alles trotz der Massen an Besuchern kühl, geruch-
los und still, steht noch mit seinen oft einfachsten Kapitellen
nach über 1500 Jahren trotz Erdbeben als anrührende Harmonie der Schönheit wie am ersten Tag, will es scheinen.

Samstag, 3.11.2012, 5:49 Uhr, Köln/Fort Myers, Florida

Jetzt muss unsere S-Bahn im Hauptbahnhof Köln, in der wir im
oberen Stock sitzen, abfahren? Und da rollt sie auch schon in
Richtung Hohenzollernbrücke/Flughafen Düsseldorf. Unter
uns im Dunkeln jetzt der Rhein, an dem ich gestern noch um
diese Zeit entlang gejoggt bin. Ich bin in der letzten Woche
jeden Tag, meist sehr früh noch in der Nacht, 8 km gelaufen.
So habe ich mein Laufpensum für die kommende Woche in
Florida schon absolviert. Klaus geht es sehr gut, und er ist

erstaunt, erleichtert und sehr dankbar. Er habe außer durch die Op.-bedingte Lufteingabe keine wirklichen Schmerzen gehabt und könne jetzt bereits wieder den Urin Abgang weitgehend steuern. Das grenzt an ein Wunder gemessen an den bisher üblichen Op.-Techniken, und so habe ich gestern an das Trainingszentrum in Gronau zur da Vinci Operationstechnik gespendet.

In Düsseldorf haben wir 2 ½ Stunden gebraucht zum Einchecken auf die Air Berlin Maschine, die uns den ganzen lieben langen Tag über den Atlantik nach Fort Myers fliegen wird. Wir können dann den Schlaf nachholen, der sich heute Nacht nicht einstellen wollte. Die Mitreisenden schlafen.

Wir fliegen mit der Sonne, gewinnen circa 7 Stunden an Zeit, sind um ungefähr 10:00 Uhr gestartet und werden um circa 13:00 Uhr landen, das heißt nach 10 Stunden Flug. Wir fliegen circa 12 km hoch über dem Atlantik bei einer Außentemperatur von -62° C natürlich in der Sonne und mit einer Geschwindigkeit von 850 km/Stunde. Von all diesen Außergewöhnlichkeiten bekommt man außer dem Sonnenschein durch die Kabinenfenster nichts mit – gelegentlich ein leises Rütteln und Schwanken, ansonsten überdimensioniertes Straßenbahngefühl.

An Grönland schon lange vorbei werden wir in Kürze bereits Neufundland erreichen. Dann folgen wir der USA-Ostküste nach Süden bis hinab nach Florida.

Von Schlummer zu Schlummer dösend und lesend, unterbrochen durch Speisungen, Trinken, Toilettengang, untermalt durch das uns allumfassende, gedämpfte Brausen der gewaltigen Antriebsturbinen erhalten wir uns wohltemperiert in drangvoller, ausgebuchter Enge. Welcher Abstraktion der Mensch doch fähig ist. Doch verglichen mit den existenziellen Nöten auf der Santa Maria vor Zeiten ist diese Übung doch das reinste Zuckerschlecken, aber viel abstrakter. Gegen die Thrombosegefahr der erzwungenen, anhaltenden Immobilität

sehe ich Beate Kreiselbewegungen mit den Füßen auf kleins-
tem Raum ausführen; nur nicht den Nächsten stören, und davon gibt es hier mehr als genug; und außerdem haben wir uns
heute Morgen Fraxiparin 0,3 mg subcutan appliziert.
Doch hier muss man sich auch die Zeit vertreiben. Neben der
Abarbeitung alter medizinischer Zeitungen und der Tageszei-
tung in allen Schattierungen (Frankfurter, Neue Züricher,
Spiegel, The Economist,) schreibe ich auch ein Gedicht zu Dels
neunzigstem Geburtstag, Anlass dieser Reise.

Ninety
That's plenty
but plenty
of what?
to be
or not to be
it's always
a lot,
for life is
not empty
whatever
You got
of life
You got plenty
believe it
or not
and what is
the answer?
It is the quotation:
the *journey* is
the destination!

Montag, 5.11.2012, 7.20 Uhr, Naples, Florida

Alles ist hier im Grand Bay Drive groß und geleckt. Selbst die Garage ist hell und sauberer als unser Wohnzimmer. Beate fiel auf, dass praktisch keine persönlichen Dinge herumstehen. Dieser Mangel lässt das Gefühl aufkommen, in einer fast unwirklichen Katalogwelt zu leben. Das wird gesteigert durch die ungewohnt gargantuesken Dimensionen.

Die Bewirtung ist freundlichst, und die Gespräche sind sehr persönlich, allerdings mit dem Nachteil, dass ich auf Grund des amerikanischen Akzents und meiner Schwerhörigkeit große Partien nicht verstehe. Das tropisch gedämpfte Klima lässt die Umgebung noch unwirklicher erscheinen. Darüber hinaus werden wir als Prunkstücke behandelt. Gestern fanden wir uns im großen Familienfotoalbum unter Carol und Jims Hochzeit zentral eingerahmt und präsentiert mit der Rede Beates und meinem Hochzeitsgedicht in unserer Originalhandschrift abgeheftet. Gemessen an diesen Umständen ist meine Darstellung der Umgebung gemein, aber die Wirklichkeit hat immer zwei Seiten – Yin und Yang.

P. S.: Zur Abrundung meiner Tagesnotizen: Beate fragte Susan nach der Herkunft bestimmter Vasen ihrer Einrichtung. Oh, I don't know it; they were chosen by the decorator! Genau das lässt die Einrichtung so indifferent, unpersönlich, wie in einem Hotel erscheinen. Und der Grad der Perfektion wird dadurch besser verständlich. Trotzdem, sie kümmern sich rührend um uns, präsentieren uns all ihren Freunden, und Wayne brachte uns heute Morgen den Kaffee praktisch an das Bett!

So, these Europeans are really nasty!

Donnerstag, 8.11.2012, 6:57 Uhr, North Captiva, Florida

Zartblauer Himmel, gelb-rötlich changierend hinab auf das raue, grüngraue Meer. Sein Tosen, Rauschen und Schlagen durch die offene Balkontür über den grünen Palmengürtel hinweg erfüllte die Nacht. Schon um 18:00 Uhr war es gestern dunkel, und wir, beseligt durch eine Flasche Merlot, entschwebten unanständig früh auf daunenweicher Matratze in Urlaubstraumentspannung bar jeglicher Verpflichtung.
Das erste Sonnenlicht fängt sich soeben in den Spitzen der Palmen und auf den weißen Schaumkronen der Wellen. Beate macht Kaffee. Das Haus ist kleiner als erwartet und nicht sehr gepflegt. Aber außer uns ist in der nächsten Umgebung niemand, und wir sind zufrieden. Auf der fast ¾ stündigen Überfahrt von Pine Island hierher nach North Captiva befand sich außer uns nur noch ein einziger Passagier an Bord. Das heißt, wir sind absolut außerhalb der Saison.

Dienstag, 25.12.2012, 11:15 Uhr, St. Petersburg, Russland

Es ist eben erst hell geworden. Ich sitze mit den Füssen auf der Fensterbank und blicke durch das Schneetreiben auf die Isaak Kathedrale unmittelbar vor mir und warte auf das Anklopfen von Gretchen und Günther, die wir eben am Kaffeetisch verließen. Wir wollen dann vorbei an der Admiralität zum Winterpalast mit seiner Eremitage laufen. Für heute Abend haben wir Lucia di Lammermoor von Donizetti in der St. Petersburg Chamber Opera geplant. Hoffentlich klappt das. Beate versucht soeben die Buchung an der Anmeldung. Gestern, der erste Abend, war ein voller Erfolg oder besser wurde dazu völlig unerwartet. Gretchens und mein Koffer waren an den Ecken eingedätscht, und nach circa 1-stündiger Reklamation wurden wir mit dem de luxe Abholdienst des Hotels zum Angleterre gefahren. Von dort liefen wir bei klirrender

Kälte, - 20°C!, zum Newski Prospekt, warfen einen Blick auf den Winterpalast und liefen dann zur Moika, zum Literaturnoie Restaurant, wo wir den Ecktisch mit Blick auf den Moika Kanal und den Newski hinunter bezogen. Besser kann man St. Petersburg kaum beginnen. Wir waren bis auf ein Liebespärchen die einzigen Gäste, und wurden von einer jungen Russin auf das freundlichste bedient und von einem kahlköpfigen Pianisten in nicht endenden Improvisationen bespielt, begleitet von einer slawisch, blonden Schönheit in klangvoll vokaler Fülle. Unser Geklatsche mit Bravorufen untermischt regte absolut an, sodass die Sopranistin schließlich mit einem spendierten Kaffee an unserem Tisch saß, deutsch sprach und Bensberg kannte. Ja, sogar danach fragte, als sie hörte, dass wir aus Köln kamen. Ihr Gesanglehrer kam wohl von dort. Und obendrein wurde Beate doch dort geboren, und dabei kannten selbst Gretchen und Günther nicht einmal Bensberg!

Die Borschtsch war sehr gut, das Kaninchen im Tontopf geschmort ebenfalls, der spendierte russische Meerettich Wodka zudem, die Stimmung ohne Ende. Abschließend bekamen wir die Minibüste der Ehefrau Puschkins in Plastik, und habe ich dieses furchtbare Weib, die ihren Puschkin so in sein Verderben trieb, gleich anschließend symbolisch in der Moika versenkt, wo sie bei einsetzendem Tauwetter durch das Eis zum schlammigen Grund durchsintern wird.

Heute absolvierten wir die Eremitage, und ich sitze nun erschöpft im Eingangsbereich und harre der anderen. Das Beste heute war das Eremitage-Café, da wir dort am Nachbartisch auf eine 60-jährige, sehr agile, des Deutschen kundige und Deutschland zugewandte Akademikerin, Professorin der angewandten Mathematik stießen, die ihren Mann begleitete, ebenfalls Professor aus dem gleichen Fachbereich, der als Gutachter St. Petersburg besuchen musste. Und Sie nutzte die Gelegenheit, ihrem 10-jährigen Enkel Kultur mittels Ermitage

Besuch zu vermitteln. Wir genossen ein intensives, höchst un-
gewöhnliches Gespräch.

Donnerstag, 27.12.2012, 15:30, St. Petersburg

Die rechte Hand kann wieder schreiben, und das Eis, auf dem
sie sich stauchte, schmolz heute Nachmittag, während wir
durch Olga eine außerordentlich informativ-sympathische
Führung über den Moskwa-Prospekt hinaus nach Zarskoje-
Selo–Puschkin durch den unfasslich prachtvoll, goldenen
Katharinen Palast genossen. Olga ist Germanistin. Kennen Sie
Bulgakow?, das heißt, er erlebt zur Zeit in Deutschland eine
Renaissance; Margarita wird oder wurde soeben verfilmt. Ich
las Hundeherz: wie unglaublich mutig er doch war, dieses
Buch zu veröffentlichen. Sie meinte: vielleicht wurden nur Tei-
le davon veröffentlicht damals unter Stalin (das geht bei dem
Buch eigentlich nicht – hat sie es vielleicht nicht gelesen?);
und solch einen Mut findet man heute nicht, obwohl es doch
heute nur um ein Butterbrot geht und nicht um das Leben wie
damals! Oder, der nachhaltigste positive Einfluss der Deutschen auf den Aufbau der Stadt St. Petersburg – „doch nach
der unglaublich grausamen deutschen Belagerung der Stadt
im 2.Weltkrieg sei das doch wohl nachhaltig vergessen", –
nein, der Russe empfinde da anders: das war das politische
System, die Nazis, das war nicht das deutsche Volk. Da zu un-
terscheiden, dürfte nicht so einfach sein!
Heute mit einbrechender Dämmerung sind wir noch mal los-
gelaufen über die Moika nach Süden durch die Quatiere des
Raskolnikow in Richtung Sennaya Platz/Heumarkt bei einsetzendem Tauwetter und entlang dem Grigojedowa Kanal zum
Newski via Bank Brücke! Die Straßen um 18:00 Uhr waren
voller Leute – wir mitten unter ihnen sicher die einzigen
Touristen und in unseren langen, wattierten Mänteln als solche nicht auffallend. Es war ein voller, nass-glatter, fast früh-

lingshafter, recht russischer Genuss, den wir durch den Besuch einer De Luxe Feinkost Großkaufstätte auf dem Newski, die Aufwärmung durch Glühwein und Thüringer Würstchen am deutschen Stand auf dem Weihnachtsmarkt und die abrundende Frequentierung „unseres" Produkti Kellergemachs auf dem Heimweg fruchtbar ergänzten

Freitag, 28.12.2012, 18.30 Uhr, St. Petersburg

Auf dem Bett liegend sehe ich im Dunkel auf die magisch illuminierten Säulen der Ostfront der Isaak Kathedrale, die so aus einem Guss weiß ummantelt sind vom Raureif der nahen Neva, dass man sie unbedingt für zutiefst weiß verstofflicht halten müsste, wenn ich mich nicht heute selbst davon überzeugt hätte, dass unter den reibenden Fingern nach Durchdringung einer ca 1 cm dicken Raureifschicht der glatt polierte, dunkelrote Quarz erschien. Von hier aus sehen sie gleichförmig wie aus Gips aus, und im Gegensatz zu ihnen ist die Isaak Kathedrale in ihrem Innern ganz scheußlich und hält somit, was sie verspricht. Die Konstruktionsleistung allerdings ist kolossal, zumal der ausführende Architekt bei Auftragserteilung erst 34 Jahre alt war. 8 Jahre dauerte der Bau, und mit dem Bauabschluss starb dieser arme Mensch denn auch schon.

Anschließend (nach Besuch der Isaak Kathedrale) waren wir den ganzen Tag über bei nassem Wetter auf eisglatten Trottoirs gefährdet, uns die Knochen zu brechen, was wir auch in drei Fällen heute bei Zeitgenossen gleichen Alters miterleben mussten. Wir entzogen uns schließlich diesem enormen Risiko durch ein Taxi, das uns zügig und sehr preiswert über die letzten 7 km zurück zum Hotel führte. Vorher erlebten wir noch vor der Erlöserkirche eine Hochzeit mit weißem Brautkleid, weißen Tauben, im weißen Schnee mit rotem Weihnachtsmann und großer, goldener Tuba – alles sehr russisch und wunderbar!

Samstag, 29.12.2012, circa 11:00 Uhr, St. Petersburg

Das Jahr geht zu Ende; der Urlaub in St. Petersburg auch – wir sitzen im Konzertsaal des Jussupov Palast (in dessen Kellern unlängst der Wunderheiler Rasputin vom Fürst Jussupov persönlich ermordet wurde) – neben mir singen soeben fünf junge Männer vielstimmig und wirklich wunderbar ein Kosakenlied, das wir früher auch auf unseren Fahrten durch Deutschland sangen, nur vielstimmiger und höchst kunstvoll. Ansonsten ist diese aufgedunsen, tote Pracht der zur Schau gestellten Gemächer irgendwie bedrückend und trostlos. Die armen Kinder, wenn denn überhaupt, die hier groß wurden. Aber wahrscheinlich wurden sie nicht hier, sondern auf dem Land groß. Das will man hoffen. Mittlerweile ging der zweite Choral ab, und wir wurden ermuntert, doch von der Möglichkeit Gebrauch machen zu dürfen, den Sang auf eine DVD gebannt auch käuflich erwerben zu mögen. Mittlerweile tauchen auch unsere Damen schemenweise in der Ferne auf, sichtbar ergriffen von der überwältigenden Schönheit der Örtlichkeit – abgesehen von dem >Geschnörkel<, wie Gretchen sich einzuflechten erlaubte. Erneut, und nun auch für unsere Damen, ein besonders stimmungsvoller, eunuchial weich gestimmter Choral, dass es wohl der ein oder anderen von ihnen in Schauern den femininen Rücken hinabrieseln dürfte. Gretchen ersteht eine DVD.
Beate hat nun das Parterre entdeckt. Das ist nun gar nicht gut, wird aber gemildert durch eine Reihe weich gepolsterter Armlehnstühle im Vorraum. Wahrscheinlich wird aber auch Gretchen noch auf den Geschmack kommen und Beate in Nichts nachstehen wollen. Andererseits sitze ich hier nun gepolstert und wohl temperiert, Umstände die in dieser Jahreszeit und in

St. Petersburg durchaus nicht häufig sein dürften. Also locker durchatmen und genießen.

Aber, aber, wir sind inzwischen weiter, viel weiter... der Moika entlang zurück bis zum Nikolaus dem 1. auf seinem Denkmal, das Pferd hoch aufgebäumt, tänzelnd auf seinen zwei Hinterläufen und das in der Eiseskälte so zusagen bei Wind und Wetter unausgesetzt. Das gerade ist ja das Besondere an diesem Denkmal von Montferrand, dem gleichen armen Menschen, der die Isaak Kathedrale errichtete, und wie vielseitig begabt er doch war, dass dieses Pferd sich auf nur zwei Läufen, den hinteren, in Gleichgewicht und Balance hält. Weiter geht es an ihm vorbei südwärts in die Gorochowaja Ulitza, die in >Arme Leute< als so prachtvoll beschrieben, weiter mit Schlenkern schließlich über einen wilden, durchaus wilden Tartaren-Eisbuckelpisten-Markt bis hin zur Fontanka; der entlang auf eisglatter Piste zum Newski, wo wir nach Kaffeegenuss die >Passage< tatsächlich fanden und damit auch die Geschenke für Paula und Anton in Form zweier aller liebst und handgemalter russischer Schmuckkästchen. Ja, und dann eine Holzhühnerbahn, die auf drei Anhängerwagons drei naturgroße Holzeier über ihre Längsachse auf ihren rollenden Rädern wiegend schaukelnd wendet und wendet. Welch ein wunderbares Bild der russischen Weite, Natur und Unbegrenztheit. Am Abend Ballett im Mihailowski Theater >Dornröschen< von Tschaikowski, welche artistische Komik in 3 Akten – die vielen Kinder unter den Besuchern hüpften am Ende der Vorstellung nur noch und auf den Zehenspitzen über die Gänge vor den Garderoben.

Sonntag, 30.12.2012, 17:45 Uhr, St. Petersburg

Wir sitzen im Flieger und harren des Starts. Die LH-Maschine erscheint halb leer. Wenn keine weitere Busladung mehr kommt, wechsele ich die Sitzreihe, um zwei freie Nachbarsitze zu bekommen. Die Wartezeit am Flughafen haben wir trotz einfachster Verhältnisse höchst vergnüglich verbracht und darüber fast das Einchecken verpasst.

Wie in der Spielbank legten wir unsere Restrubel vor uns auf den Tisch und konditionierten unsere Bestellungen entsprechend der sich darstellenden Bedingungen. Das Geld lag in Häufchen vor uns und wurde schließlich von dem jungen, lustigen Ober mit einer croupierhaft abräumenden Handbewegung ohne kleinliche Abzählerei auf die Rechnung gestrichen und abgetragen. Die Bestellung verlief auch schon ungewöhnlich.

Günther und ich mussten der limitierten Restmittel wegen uns einen Beefburger zusammen bestellen, und der Ober die Situation sofort erfassend trug diesen Burger gleich auf 2 Teller verteilt auf. Das war ein von uns zumindest so empfunden, typisch russisch, großzügig improvisierter, herzlicher Abschied. So wurde uns auch gestern Abend großzügig, mitfühlend, improvisiert geholfen, als wir im Mihailowski Theater erst beim Einlass feststellen mussten, dass unsere teuren Eintrittskarten am Tag zuvor gültig gewesen waren, was wir nicht nochmals kontrolliert hatten. Sie waren uns an der Kasse wohl aufgrund eines sprachlichen Missverständnis als Samstagkarten ausgehändigt worden. Was tat die Kartenkontrolleurin? Sie rief per Handy die Leitung an, dirigierte uns dann zu ihr, und diese erlöste uns aus unserer misslichen Lage, indem sie uns für je 2,50 € Stehkarten verkaufte. Sie platzierte uns dann später in einer freien Seitenloge und mit einem Sitz in der ersten Reihe. Soviel intelligente Sympathie und das an uns!, deren Eltern noch in einem der bittersten Winter ihre Eltern in dieser Stadt brutal verhungern und erfrieren ließen. Es hätten einem vor Rührung die Tränen kommen können. Und wie herrlich haben wir dann diesen Abend genossen und werden ihn gerade wegen dieser besonderen Einleitung lange nicht vergessen.

Mittwoch, 17.4.2013,17:25 Uhr, Pienza, Toscana

In der Spätnachmittagssonne vor dem offenen Fenster im 3. Stock des Hotels Relais Il Chiostro di Pienza den Blick nach Süden über die unbegrenzt weit sich hinstreckenden, frühlingshaft grünen Wiesen und Felder der ausladenden Ebene, die sich südlich Pienzas bis zum Monte Amata erstreckt, dem mit ca. 1700 m höchsten Berg der Toskana, der an den Nordflanken seiner Spitze noch schneebedeckte Flächen zeigt. In dieser Ebene Crete-typisch, in der Abendsonne warm-gelb aufleuchtende Einzelgehöfte mit Zypressenreihen an den sich hinschlängelnden, zu- und ableitenden, hellen Wegebändern. Auf den samtenen Grünflächen eingestreut Gelbtupfer von Butterblumen oder Raps. Am Horizont die gebirgigen Hügel von Wald und Macchia dunkel bis schwarzbläulich zum silhouettenartigen Abschluss gebracht. Das Ganze ohne jede Bewegung von einem hellblauen Himmel überspannt, der in der Ferne zur Farblosigkeit gelblich aufhellt und einige Kumuluswolken aufleuchten lässt, die wie hingemalt am Firmament stehen. Diese Ebene und dieser vogelflugartige Fernblick faszinierte schon vor Jahren oder Jahrzehnten und bringt den heutigen, bereits erlebnistiefen Tag zu einem befreiend entspannten Abschluss.
Ich sitze im Augenblick mit einem Milchkaffee ebenfalls entspannt an der Ecke der Via del Balzello, während meine drei Reisegefährten die Gemächer und Utensilien des letzten Sprosses des diese Kunststadt einstmals begründenden Piccolomini-Pius-Geschlechts besichtigen. Es ist 18:30 Uhr.

Die eben noch fast bedrängende Touristenfülle, die schon Rothenburg ob der Tauber-Gefühle auslöste, ist gänzlich abgeebbt. Der Ort fällt in seine Natürlichkeit zurück, und die gegenüberliegenden Häuserfronten leuchten in der sanften Abendsonne. Absoluter Höhepunkt des heutigen Tages war der Besuch der Abbazia von S. Antimo, südlich von Montalcino. Aber auch die kurvenreiche Annäherung durch das Gebirge von Sovana dorthin durch den Frühling der Toskana bereitete die Grundlage für den späteren Genuss. S. Antimo in blühenden, Sonne beschienenen Wiesen wirkt sicher ganz anders als in Regen verhangener Landschaft. Mittagsentspannung und –essen gab es in Bagno Vignoni, wo mein Ausruf: >ma si vive una volta sola nella vita, godiamocela!< die Kellnerin derart begeisterte, dass sie ihn nach der Bezahlung mir die Hände schüttelnd nochmals wiederholte.

Überhaupt scheinen die Italiener spontaner und ungehemmter abergläubisch zu sein als wir, wie mir schon früher bei der Übersetzungshilfe zum Lamberto Vittorio Luchetti versicherte; und „blond", sagte Julika, gilt als Glücksbringer, worunter schon ihr Sebastian leiden musste, da die Kindergärtnerinnen ihn alle herzen mussten, und was wohl auch in den zwei vergangenen Tagen möglicherweise dazu beitrug, dass wiederholt meine Bestellung eines Kügelchens Amaretto Kirscheis auf einem Waffelhörnchen jeweils zu einem kunstvoll aufgebauten, rundum weitüberlappenden Eisgebirge führte, sodass eine Bekleckerung schon fast zwangsläufig unvermeidbar wurde, während die anderen normal dimensionierte Eisbällchen erhielten. Beates Kommentar: Aber deine Haare sind doch grau!

November, 2013, Köln

Tür
Weissquadrat
trapezoid geöffnet
schwarz hinterschattet
schwebender Flügel
vor abgrundtiefer Finsternis

Montag, 21.10.2013, 18:14 Uhr, Madrid

Heute Nacht bestätigte sich die schon vielfach erwähnte
Nachtlust und -laune und Feierfreudigkeit und ausgesproche-
ne Fröhlichkeit der Madrider in einer Weise, wie ich sie nicht
für möglich gehalten hätte.
Nach gutem Einschlafen um 0:30 Uhr heute Morgen erwachte
ich wieder um circa 3:00 Uhr und schlummerte dann nur noch
bei absoluter Verkehrsruhe durchbrochen von Lachsalven und
Jauchzern in circa halbstündigen Abständen, die erst gegen
6:00 Uhr durch den dann einsetzenden Verkehrslärm abgelöst
wurden. Und das passiert in der Nacht von Sonntag auf Montag, wo zu dieser Zeit in jeder deutschen Großstadt tote Hose
ist!
Und später? Das Wetter angenehm temperiert und sonnig und
von uns zum Prado nur ein Spaziergang. Leider durfte man
dort nicht fotografieren – diesbezüglich sind die Spanier noch
nicht im Heute – aber ansonsten so viel freundlicher als bisher
in Barcelona oder noch schlimmer auf Mallorca erlebt. Mit
anderen Worten: unser Besuch in Madrid befreit uns von lang
gepflegten Vorurteilen!
Im Prado eine Velazquez Sonderausstellung – was für eine
Farbkraft und souveräne Strichführung ohne Verhedderung in
Details. Die findet man wiederum bei Boschs Hieronymus mit

einer geradezu liebevollen Detailversessenheit aufgelöst bis zur Schwerelosigkeit durch eine grenzenlose Fantasie. Er war die Hauptintention meines Prado-Besuchs und hat alle meine Erwartungen heute erfüllt.

Dienstag, 22.10.2013, 16:41 Uhr, Madrid

Auf einer Ruhebank des völlig unerwartet umwerfend die Aufnahmekapazität überfordernden, aber keinesfalls zu missenden Thyssen-Bornemisza Museums. Draußen regnet es. Heute Morgen bin ich noch trockenen Fußes 7 km gejoggt vom Teatro Real am Schloss vorbei über den Rio Manzanares einen kleinen See umrundend und wieder zurück. Über mir die Winkelformation der Wildgänse in Richtung Süden.

Mittwoch, 23.10.2013, 11:01 Uhr, Madrid

In der Chocolateria San Gines auf der Calle del Arenal bei Chocolate con Churros – die berühmte Spezialität. Um uns herum Lokalbevölkerung, die Wände bedeckt mit Fotos Prominenter, wohl überwiegend Schauspieler. Das Theater grenzt gleich an. Wir drangen zögerlich in das antik gemütliche Lokal vor, wurden von der sonoren Stimme der gestandenen Matrone an der Kasse freundlich zurückgehalten und nach unseren Wünschen befragt. Die Quittung händigten wir dann unserem Yul Brunner-Kellner – kahlköpfig wie dieser – aus, und er servierte die frisch dampfenden Chorrosstangen, goldbraun und die schwarzbraune Schokolade, in die diese Stangen getunkt werden.

13:08 Uhr

Wir sind im Caixa-Forum gelandet, erschöpft, aber durch Architektur (Herzog & de Meuron) und Ambiente und das Restaurant wieder aufgerichtet zu erneuter, freudvoller

Aufnahmefähigkeit. Wir speisen vorzüglich auf dem Bepflanzungsplan des Patrique Blanc zu dem 25 m hohen hängenden Garten mit seinen 15.000 Pflanzen vor dem Forum, hier als Tisch-Set!

Das gesamte Gebäude als ehemaliges E-Werk und Tankstelle in hellem Ziegel schwebt scharfkantig in der Luft, scheint auf seinem kristallinen, stählernen Treppenhaus zustehen, das sich an anderer Stelle in lichter Rhythmik aus tiefsten Tiefen bis unendlich hoch unter das Dach verliert, welches als roststählerne Krone glattwandig den ehemaligen Ziegelgiebeln nahtlos aufgesetzt ist aus Stahlblechen, die das Licht durch zahllose klein-quadratische, unregelmäßig angeordnete, fast gardinenförmig-maurisch wirkende Ausstanzungen in das Innere lassen und reizvolle Schattenschnitte projizieren, ergänzt im Restaurant durch in unterschiedlichster Länge tropfen- und samenförmig von der Decke baumelnden Lichtträgern ähnlich denen, die wir auf Teneriffa in der Bibliothek von S. Cruz schon bewunderten – ebenfalls von Herzog & de Meuron!

Samstag, 26. 10. 2013, 16:38 Uhr, Guadalupe, Estremadura

Sherry, trocken, in schlanken Gläsern unter blauem Himmel im Kreuzganghof der Hospederia del Real Monasterio in Guadalupe, nachdem wir im Parador gelandet sowie Kirche und Kloster als leichte Kost abgehakt hatten. Die Fahrt hierher durch das Gebirge der Estremadura war erhebend unter dramatischen Gewitterwolkengebirgen. Auf einsamer Höhe in einem Aufwindturm an die 60 Raubvögel kreisend, darunter auch solche, deren Fittiche quadratisch ausgezupft endeten, Adlern oder Gänsegeiern nicht unähnlich.

Über uns das Himmelsblau durch parallel gespannte, weiße Leinen zur Aufhängung von Sonnensegeln zerschnitten;

im Hof der Widerhall spielender Kinder und das Unterhaltungsgeplapper einer größeren, familiären, Kaffee trinkenden Spaniergruppe; die Männer genüsslich mit Zigarren und Zigaretten bestückt und ab und an auch einem Gläschen Sherry.

17:47 Uhr
Kühnster Kletterer, Hochseilartist, vor meinen Augen, ich auf dem Rücken, die Augen nach oben zum Kreideweiß der Balkondecke und dem Guadalupe Blau des sonnendurchstrahlten Himmels, schwebt er über mir an unendlich langem, unsichtbarem Faden Abgrund hoch in der Luft und von dieser wehend bewegt. In atemberaubender Fahrt schwirren seine Beinchen schnell wie Insektenflügel, und klimmt er mit Ihnen scheinbar mühelos hinauf zur Decke, bis er endlich festen Boden entgegen der Schwerkraft unter den Füßen und Halt findet. Monsieur Fabre hätte seine Freude an dir gefunden!
Unter unserem Balkon das Lärmen und Gezwitscher spielender Kinder im Olivenhain, entspannt, dem Augenblick hingegeben.

Dienstag, 29.10.2013, 23:42 Uhr, Salamanca

Heute Morgen strahlte der Himmel in Blau! Und so blieb das Wetter den ganzen lieben, langen Tag über, sodass der eisenhaltige, gelbe Sandstein, in dem Salamanca gebaut wurde, in der Sonne warm aufleuchtete. Neben der Doppelkathedrale, diesem unglaublichen Steingebirge mit Dimensionen, die auch im Innern durch die unermessliche Säulenhöhe jedes Begreifen, zumindest meines, übersteigen gemessen an der Größe dieser kleinen Stadt. Salamanca besitzt aber noch eine zweite, oder vielmehr auch noch eine dritte, doppelt betürmte Riesenkathedrale mit S. Isidor gegenüber dem prachtvollen Muschelhaus und mit der überaus gewaltigen S. Esteban gleich neben unserem ehrwürdigen fünf Sterne-Hotel, dem Palazzo

S. Esteban, der allerdings dank nachlässiger Führung seinem fünften Stern nicht mehr gerecht wird.

Aber wie viele weitere universitäre und sonstige Prachtbauten neben diesen vier Kathedralen hat Salamanca darüber hinaus? Ohne Ende möchte man rufen! Und wenn man abends, Ende Oktober, zwischen 18:00 und 21:00 Uhr im Stadtzentrum flaniert, dann kommt man dank einer gelungenen, kunstvoll installierten und in keiner Weise sparsamen Illumination, mehr als man begreifen kann auf seine Kosten, und möchte den Rundgang überhaupt nicht mehr beenden, zumal alles, was Beine hat, zu dieser Zeit unterwegs und in den Gassen und auf den Straßen und Plätzen ist und diese belebt. Die Geschäfte sind geöffnet und frequentiert, und auch wir konnten uns dem allgemeinen Kaufdrang heute nicht entziehen und erstanden einen Mantel für Beate sowie für mich ein Paar hohe Schuhe, einen wunderschönen, üppigen Wollschal in Herbstfarben und vier Hemden. Wie wir diesen Erfolg in unseren Minikoffern zusätzlich unterbringen, bleibt vorerst ein Rätsel.

Freitag, 18.4.2014, 8:45 Uhr, Rumänien

Heute geht es durch das Transsilvanische Gebirge nach Sibiu/ Hermannstadt. Unser Führer ist ein junger, enthusiastischer, interessierter, fürsorglicher, agiler rumänischer Kunst- und Geschichtsstudent aus Sibiu. Der Besuch des Klosters Cozia am Westufer des Olt wurde zu einem unerwartet eindrucksvollen Ereignis dank der Strahlkraft seiner zum Teil sehr gut erhaltenen oder restaurierten Fresken im Inneren. Ich liege auf dem Bett, im zwar sterilen, aber hochkomfortablen Ramadan-Hotel in Sibiu/Hermannstadt. Die Fahrt hierher führte durch die flache Tiefebene der Walachei nördlich von Bukarest und anschließend dem Olt folgend durch die transsilvanischen Karpaten, bis sich schließlich nach endlosem Bergauf die in dieser Höhe nicht mehr erwartete, weite

Hochebene Siebenbürgens/Transsilvaniens – jenseits der Wälder – öffnete mit ihren deutlich deutsch geordneten Dorfstrukturen.

Unser rumänischer Führer, Bogdan = Geschenk Gottes, erfüllt seinen Namen mit Sinngehalt, ist Deutschland zugetan, spricht fließend Deutsch nach Besuch des deutschen Gymnasiums in Hermannstadt mit deutschem Abitur als Abschluss und bringt uns sein Land mit derart ungekünstelter Begeisterung nahe, immer wieder erneut entzündet durch seinen aufgrund seines schlafwandlerisch sicheren Gedächtnis hohen, komplexen Wissensstand und fundiert durch sein Kunst- und Geschichtsstudium. Dieses Wissen reißt ihn spontan unablässig wieder und wieder und wieder dazu hin, uns mit zum Teil skurrilen, immer exakt und geschichtsträchtigen, oft aber auch höchst aktuellen, zeitnahen Fakten zu konfrontieren, aufgelockert durch Balladen, Lieder, amüsante Witze und Details aus dem Leben ihrer politischen Führer. Dabei trägt ihn stets zunächst die Dramaturgie des darzustellenden Zusammenhangs und erst sekundär die Frage, ob die zu dieser Darstellung erforderlichen sprachlichen Mittel denn auch in ausreichendem Maße zur Verfügung stehen. Nach dem Ingeborg Bachmann-Motto: >auf, auf, ihr Worte, mir nach!< stürzt er sich voller Begeisterung in ein verbales Abenteuer nach dem anderen und löst Sprachfindungsengpässe durch sprudelnd phantasievolle, meist hinreißend schöne, neue Wortschöpfungen, die uns die Muttersprache gänzlich neu erleben lassen. Und so erschließen sich Welten, und eine davon ist Siebenbürgen – und ich kann es fast nicht glauben, obwohl hier nach einer Auswanderungswelle in den 90er Jahren kaum noch Deutschstämmige wohnen, scheint deren Einfluss allgegenwärtig zu sein, wohl auch dadurch getragen, dass er so lange nach Überwindung des deutschen Nationalsozialismus nun allmählich als positive Gegenkraft zum soeben abgeschüttelten Kommunismus empfindbar wird. Die Stadtstrukturen hier in Hermannstadt

sind so überzeugend restauriert aber nicht überzogen oder
gar geleckt, dass der Vergleich mit Rotenburg ob der Tauber
zum Glück daneben ist. Hierher könnte ich gerne wiederkom-
men!

Donnerstag, 24.4.2014, 8:46 Uhr, Czernowitz, West-Ukraine

Gestern, das war ein Tag wie eine Sternstunde; so viel Erfüllung wie kaum fassbar und überhaupt nicht, aber wirklich gar
nicht erwartet. Dabei begann alles denkbar holprig aber mit
Professor Rychlo, Lehrstuhlinhaber für Literatur an der Josef
Universität in Czernowitz mit Muttersprache ukrainisch, dann
deutsch und polylingual wie in der Habsburger Monarchie
ubiquitär! Zunächst die Einleitung wegen einer Busverspätung
in wienerischem Deutsch locker plaudernd den Aufbau und
das Erblühen des zur Verwaltungshauptstadt erklärten
Czernowitz, das für einige Dekaden polylinguale Vielfalt reali-
sierte und baulich großbürgerliche Eleganz entwickelte, die
trotz zweier Weltkriege kaum zerstört gestern bei schönstem
Wetter atmend erlebt wurde.
Doch des nicht genug. Im ehemalig prachtvollen jüdischen
Haus besuchten wir das in zwei kleinen Räumen eingerichtete
jüdische Museum, in dem ich die erwähnten Büchlein von
Celan erstehen konnte. Dann führte uns Rychlo zu dem Haus,
in dem Celan seine Jugend erlebte, ließ uns dieses Haus mit
seiner Gedenktafel fotografieren und erklärte sodann, wie es
zur Entdeckung des wirklichen Geburtshauses kam, als nämlich kürzlich die Cousine Celans, betagt, circa 80 Jahre alt, zu
Besuch aus den USA erschien, erstaunt vor dem Haus Nummer
fünf mit der Gedenktafel stand und erklärte, sie seien doch in
dem Haus daneben, jetzt Nummer vier, aufgewachsen. Ob ihres Alters wurde diese Aussage zunächst bezweifelt; sie aber
sagte, im Hof hinter dem Haus seien sie immer als Kinder
durch die Fenster statt durch die Tür in Pauls Zimmer

gesprungen, da deren Simse fast ebenerdig lagen. Und in der Tat, Rychlo führte uns zur Bestätigung in den Hof, dessen hintere Begrenzung zu meinem größten Erstaunen Kastanien bildeten, und wo Rychlo hier an diesem Ort mich fast zu Tränen rührend auswendig >Erst jenseits der Kastanien ist die Welt< vortrug, dass ich vor Jahren plakativ an unsere Küchenwand geheftet hatte, und ließ dann, mir eine Sehnsucht erfüllend, >Kennt noch das Wasser des südlichen Bug, Mutter, die Welle, die Wunden dir schlug?< folgen und >Duldest du, Mutter, wie einst, ach, daheim, den leisen, den deutschen, den zärtlichen Reim?<; dann riss es ihn fort; es folgte >Corona<, und er hätte noch ewig weiter lesen mögen vor begierigen Ohren, wenn die Zeit es erlaubt hätte.

Samstag, 26.4.2014, Frankfurt

Durch weiche Wattewolken
fliegen wir und sinken;
das Licht im Blau des Himmels
trinken
die Silberflügel unsres Vogels,
der uns sanft nach unten gleiten lässt,
bis seine Reifen greifen.

Donnerstag, 17.7.2014, Düsseldorf

Auf 6c Ankunft am Düsseldorfer Flughafen warte ich auf Dana, die aus Miami im Anflug voraussichtlich um 7:20 Uhr landen wird. Übermorgen wollen wir mit Dana, Paula und Anton nach München zu deutsch-amerikanischen Jubiläumstreffen 50-jähriger Freundschaft der Austauschschülerin Beate, die just an diesem Wochenende vor 50 Jahren bei ihrer Gastfamilie in Cleveland/Ohio eintraf. Susan und Wayne mit Birk, Carol, Alexia und Zac werden in München am Ende ihres Europatrips zusammen mit Rike und Stephan auf uns stoßen. Paula und Anton, die am letzten Wochenende zusammen mit Rike und Stephan zur Tauf von Jonah nach Ripsdorf kamen und diese Woche nun mit uns zusammen in Köln verbringen, werden von München nach Sylt zu Gunda und Ulrich fliegen.

Sonntag, 20.7.2014, München

Never before
after the war
the defeated got aid by the winner
and in spite of being the sinner
was welcomed and helped
which developed and melt
to a friendship of long duration
and the Eichmullers' invitation
of that girl of sixteen
who was so keen
and not romantic
to cross the atlantic
in the new world to stay
for over a year
and in a way
we say today cheer
due to the fact
that she never lacked
the courage
to meet those
and to share their fate
who joined us today
to celebrate
this interfamiliar relation
of – on the day – fifty years
I think it's worth
Congratulation
and cheers

Mittwoch, 23.7.2014. Köln

Mit Montaigne einen Sommer,
ein Leben mit Dir
ist ohne Kummer
das Elixier,
das jüngend belebt,
schützend bewahrt,
mühelos hebt
zur Gegenwart.

Samstag, 5.10.2014, Montpellier

Wir hatten uns noch einmal aufgerafft zu einer Altstadtrunde
beginnend am Place de la Comédie, an den unser Hotel, das
Grand Hotel du Midi Château in der Victor Hugo-Straße, Montpellier, direkt angrenzt. Und dort, mitten auf dem Platz, rollte
ein Spektakel ab von erschütternder Intensität. Eine Truppe
von ungefähr sieben bis acht jungen Männern führte zu pul-
sierender Musik rhythmische Akrobatik in überwiegend drehend wirbelnder Horizontallage dicht über dem Boden vor.
Zum Teil drehten sich die Körper um ihre Längsachse in ra-
santer Geschwindigkeit ohne erkennbare Nutzung der Arme,
dann wieder mit diagonal wechselndem Arm- und Beinein-
satz, den Körper auch bei gleichzeitiger Drehung um seine
Längsachse vorwärts und rückwärts über Kopf schleudernd
wendend; dann ihn auf einem Arm balancierend und rhythmisch zur pulsierend vibrierenden Musik wechselnd auf der
Hand, dem Ellenbogen, der Hand, dem Ellenbogen, schnell,
schnell, schnell, wiegend wie beim Stepptanz aber nur auf einem Arm; der Körper darüber verrenkt in der Luft wechselnd
auf Hand, Ellenbogen, Hand, Ellenbogen – als wöge er nichts;
dann ihn wieder vertikal, aufgerichtet; er geht mit weichen
Schritten vorwärts und gleitet gleichzeitig rückwärts,

traumhaft, gespenstisch, als hätte er den Bezug zur Realität und zum Boden verloren. Ja, hier werden Dinge mit einer so selbstverständlichen Sicherheit dargeboten, die so außerhalb aller erlebten Wirklichkeit liegen, dass sie abgehoben traumhaft und zauberhaft wirken. Das Ganze spulte ab wie ein Feuerwerk.

Pulsierende Fülle
rhythmischer Dichte
wirbelnd bewegter
Körperbeherrschung,
stählern elastisch,
federnd fantastisch,
hinreißend schnell,
dicht über dem Boden,
scheinbar schwebend,
das Dunkel der Nacht
energetisch belebend.

Donnerstag, 9.10.2014, 1:01 Uhr, Valencia

Vor 1 Stunde begann der größte Feiertag Valencias mit einem spektakulären Feuerwerk. Die fortschreitende, pyromanische Technik ermöglicht immer wieder neue Überraschungen eindrücklichster Art aber so visuell umwerfend und höllenlaut wie in einer Schlacht. Und gequalmt hat es, und gestunken hat's auch. Die Straßen waren rappelvoll mit den Bürgern aller Schichten, die durch den Pulverschmauch am Ende des Feuerwerks nach Hause irrten.

Wir folgten dann dem zu einer weitläufigsten Stadtparkanlage umgeformten alten Flussbett des nach Süden umgeleiteten Überschwemmungsfluss Riu Turia, bewunderten nicht nur diese großzügige Anlage, die als grüne Lunge in gepflegtem Zustand über zig Kilometer die Stadt umarmt, sondern auch die als Spiellandschaft genutzte Riesenfigur des Gullivers in diesem Grüngürtel, unterquerten etliche, immer noch genutzte, alten Brücken, um schließlich die schon vor zwei Tagen erstmals per iPhone im Internet aus der dreidimensionalen Luftperspektive bewunderte und sich langsam unter dem Auge des Luftbeobachters drehende utopisch wirkende Konstruktion des Palau de les Artes, die dreidimensionale Kinoanlage des Hemispherics, das Museo de las Sciencias, den kunstvollen Palmengürtel des Umbracle, die Harfenbrücke – alle in der Handschrift Santiago Callatravas, sowie das anschließende, ebenfalls ultramoderne Ozeanografic zu erreichen.

Ich fotografierte mich wund. Solch eine helle Leichtigkeit einer überdimensionalen Architekturlandschaft habe ich in diesem Ausmaß noch nie vorhergesehen. Meine mittägliche Abwertung, dass die äußere, spektakuläre Schalenhülle nur Show ohne Zweck sei, wie leider bei Gery in Bilbao, musste ich gestern Abend voll revidieren. Diese Hülle schafft großartige, lichte Rundumwandlungshallen und schattenspendende, kühle, durchwehte, unbeschwert leichte, belebende Räume, wie man sie in der gnadenlosen Hitze des Südens sich angenehmer kaum vorstellen kann. Man ertrinkt förmlich in all diesen weiträumigsten, großzügigsten Eindrücken, die fast noch getoppt werden durch die unglaublichen technischen Finessen des Opern- und Theaterinnenraums. Eins ist gewiss: pecunia non olet und spielte hier keine Rolle! Wie konnten die Hamburger nur so unglaublich kleinlich sein mit ihrer Elbphilharmonie? Das Palau de les Artes hat schließlich allein schon über 300 Millionen € gekostet – ob Brüssel geholfen hat? Wir haben heute unseren Aufenthalt in dieser Wahnsinnsstadt, die sich nicht nur durch das bisher Beschriebene auszeichnet, sondern noch viel mehr durch die Vielzahl riesiger, alter wie neuer Wohnungs- und Bürogebäude von großer Schönheit, und praktisch alle in einem sehr gepflegten äußeren Zustand bei gleichzeitig größter Sauberkeit der Straßen und öffentlichen Anlagen. In dieser Stadt haben wir heute unseren Aufenthalt bis kommenden Montag verlängert. Hinter mir im Bett atmet Beate vom Tag völlig erschöpft im Tiefschlaf. Ich leere die letzten Reste aus der eisgekühlten Weinflasche; es ist 2:04 Uhr, gute Nacht!

9.10.2014, 17:40 Uhr, Valencia

In der Stierkampfarena von Valencia kurz vor dem Einlauf des Stieres am höchsten Feiertag Valencias im Schatten unter – da ist er: agil, schwarz, angriffslustig, voller Energie, in schnellem Galopp, schnell drehend – zwei Picadores sind hereingeritten und spießen den Stier in den Rücken – der Torero/Matador stürzt, liegt unter dem Stier; der versucht, ihn zu zertrampeln – der Stier blutet breitflächig über beide Rückenseiten – soeben ist er verendet nach einem Degenstich des Toreros – Tore Handilla Barquera – Alberto Gomez tötete ihn; von zwei Pferden wird der tote Stier über den Sand aus der Arena geschleppt.

Ein neuer, wilder, angriffslustiger, brauner Stier springt durch das Rund der Arena. Man ärgert ihn von allen Seiten mit purpurroten Capotes; jetzt hat er ein Pferd von der Seite gehörnt – und noch einmal. Es ist ein ziemlich dämliches Spiel, da der Stier eigentlich den Sinn eines Kampfes gar nicht zu erkennen scheint. Die Picadores sind erst im zweiten Anlauf erfolgreich. Der Torero betritt die Arena – es ist der, der eben noch unter dem jetzt toten Stier lag: Jesus Duque, eben noch fast totgetreten, hat soeben dem zweiten Stier den Todesstoß mit seinem Degen bis ans Heft in die Schulterpartie hinab am Schulterblatt vorbei in das Herz versetzt.

Nun ist der dritte wilde Stier in der Arena. Er wird zunächst von x hüpfenden Banderilleros mit purpurnen Capotes gereizt; geht aber sofort auf den ersten berittenen Picadero los und nimmt sein Pferd, das zum Glück dick ummantelt ist, auf die Hörner. Was soll der Quatsch?, fragt der Stier sich jetzt und steht mitten in der Arena die Runde betrachtend. Jetzt hat er aber schon zwei Widerhakenlanzen in seinem Rücken; das reicht nicht, jetzt sind es fünf. Der Torero betritt die Szene, lüftet seine Kopfbedeckung nach allen Seiten und lässt sie dann lässig über den Rücken in den Sand fallen, als würfe er sein Leben in die Waagschale. Er ist der zackig Schönste, mit schmissig schwarzer, kohlrabenschwarzer, gelockter Mähne, schreitet nun gestelzt mit vorgestreckter Brust und stark nach vorne durchgedrücktem Rücken durch das Rund – soeben ist der Stier von Juan Bautista kunstgerecht erstochen worden. Wir verlassen die Szene vorzeitig, da nach sechs Stieren in ständiger Wiederholung die Sache langweilt; wer wegen der Grausamkeit protestiert, wie eine Protestgruppe vor dem Stadion, sollte Vegetarier sein, sonst würde er mich zumindest nicht überzeugen.

Mittwoch, 29.10.2014, Portbou

Hoffnungsferne - Walter Benjamin - Portbou

auf endlos sich windendem,
aufsteigend und schwindendem,
Schwindel gebärendem
Steilküstenlindwurm
das jahrfern erinnerte,
zutiefst berührende
Fernziel aufspüren
im schwindenden Licht,
in Strudeln von Zweifeln,
Kaskaden von Fragen,
dann schließlich umkehren
und nochmals zurück,
schon fast außer Hoffnung
dem Endziele zu,
dem noch memorierten
Hafen Portbou;
Verschlungene Strassen,
verwinkelte Gassen,
gereizte Verstimmtheit,
so nah am Ziel
rettet der Hinweis
hinauf den Hang
dort steht das Mahnmal
von Karavan;
zwei rostige Platten
öffnen den Schacht
auf zahllosen Stufen
hinab zum Meer,
das strudelnd und werbend
in warmem Licht
nach endlosen Mühen

Hoffnung verspricht,
die Stufe um Stufe
hinab in den Schacht
vom Dunkel dem Licht zu
sich weiter entfacht;
doch plötzlich ist Hemmung
am Ziel fast schon,
die Hoffnung entzieht sich
und wird zur Vision;
zurück in das Dunkel,
zurück in den Schacht?
Verzweiflung bleibt
und tiefste Nacht.

Freitag, 13.3.2015, Rondane, Norwegen

Ein Tag großer Glücksgefühle; Frühstück in der Morgensonne unserer Blockhausstube mit Blick durch die Glasscheibenkarrees unserer Fenster auf das im Morgenlicht glitzernde Wasser des Bachs im Grund.
Wenig später auf verschneiten Höhen circa 1000 Meter über dem Meer mit leuchtenden Schneekuppen ringsum, denen der Morgenwind Schneefahnen vom Schopf bläst, die er auch flach und dicht in tausend quirlenden Schläuchen ziseliert und wabernd uns entgegen über die Straße treibt, sodass man mutmaßt, durch hohen Schnee zu fahren und die Straße nur an Hand der Stockmarkierungen zu beiden Seiten ausmachen kann. Darüber hellblauer Himmel, erstmalig, einmalig, unberührt.

Spidsbergseter Rondane

Auf Skiern und gleiten,
es glitzern die Fernen,
es gleißen die Weiten,
um uns am Boden
im Morgenlichte
leuchten und blitzen
unzählige Smaragde
in wechselnder Dichte
als Eiskristalle
zum Greifen so nah
und doch unfassbar.

Samstag, 14.3.2015

Um 6:00 Uhr in der Früh hellt der Himmel. Die Tage sind hier schon viel länger als zu Hause.

Heute umrundeten wir den Flaksjoen, einen größeren See bei Spidsbergseter. Man lief jungfräulich, ungespurt auf der verschneiten Eisfläche in Ufernähe. Am Ende des Sees erreichten wir eine kleine Holzhütte auf einem Uferhügel und mit uns zugleich uns entgegen kommend eine ältere (77 J.) Norwegerin, ebenfalls auf Langlaufskiern. Ich grüßte sie auf Englisch, worauf hin sie nach meiner Herkunft fragte. Wir kamen ins Gespräch. Die Hütte gehörte ihr und war das Ziel ihrer Skiwanderung. Ihr Vater hatte sie schon 1945 gekauft. Er war Lehrer im Tal. Die Hütte wurde nur im Sommer genutzt und war mit dem Auto nicht erreichbar, sondern nur per Boot über den See.

In diesem Augenblick rutschte ihr der linke Ski nach vorne weg, sodass sie sanft auf den Rücken fiel. Sogleich war ihr klar, dass sie sich durch den Sturz den linken Unterarm gebrochen hatte. So ein Unglück! Wir halfen ihr, sich von den Skiern zu befreien und festen Grund an der Hütte zu erreichen. Zwischendurch wurde sie fast ohnmächtig. Hilfe war weit und breit nicht in Sicht, da wir weit von jeder befahrenen Loipe entfernt waren. Zum Glück war es warm in der Sonne. Sie berappelte sich wieder, und ich wählte auf ihrem Handy ihre Wunschnummer, die der Nachbarin! Die organisierte Hilfe im Kiwi-Einkaufscenter bei Spidsbergseter auf der anderen Seeseite und vom See nochmals 2-3 km entfernt. Sie rief wenig später zurück und teilte mit, dass Hilfe in Form eines Motorschlittens auf dem Weg sei. Eine halbe Stunde später näherte dieser sich quer über den See. Wir hatten uns inzwischen als Ärzte zu erkennen gegeben, was sehr beruhigte (sie hatte lange bei einer Krankenkasse gearbeitet), und hatten ihren Arm mittels eines langen Seidenschals Beates in eine Schlinge gelegt und unsere Patientin mit vier Aspirin direkt aus unserem Rucksack für den Bedarfsfall ausstaffiert. Zum Abschied gab es noch einige Abschiedsfotos zur Erinnerung an diese unglückliche Begegnung mit tröstlichem Ausgang.

Flaksjoensee

Dem Schicksal so nah,
nur ein kleiner Rutscher
und nach hinten gefallen
auf den Daumenballen,
da war der distale Radiusknochen
auch schon mitten entzweigebrochen;
weil der Fremde mit Dir
zu lange gesprochen?
Doch wer konnte das riechen,
wer hätt das gerochen?
Da haben wir doch schon
viel Schlimmres verbrochen.

Sonntag, 15.3.2015, 14:28 Uhr

Auf der Sonnenterrasse der Fjelstue in Spidsbergseter bei anhaltendem Traumwetter; vor mir hoch verschneite Hütten,
eine weiße Hochebene mit Loipenspuren und dahinter weit-
gespannte, schneevereiste, gewaltige, flache Hügelkuppen.
Wir sind hier am Endpunkt einer ausgedehnten Skiwanderung
gelandet, auf der wir an einem der Wegkreuzungs- und Orien-
tierungspunkte Lars und Haldis kennenlernten, die in Venabu
bis vor kurzem einen Gasthof betrieben und unsere Gastgeber,
Cecilie und Christoph, grüßen ließen – alles in fließendem
Deutsch, aus der Schule und von ihren Gästen! Als wir ihnen
vom Lob unserer Gäste am gestrigen Abend in unserer Hütte
und unserer Unterkunft erzählten, und dass dieses Lob doppelt wöge, da es von Ur-Norwegern stamme, sie in Oslo, er in
Lillehammer aufgewachsen, sodass sie sogar erklärten, in Zukunft noch öfters und sogar mit Freunden diese Bleibe erneut
aufzusuchen, fragte uns Lars nach den Namen von Per-Ivar, da
er selbst auch aus Lillehammer stamme. Wir waren höchst

überrascht, als er ihn zu kennen schien. Per Ivar Moe kenne in Norwegen jeder, sagte er uns dann. Er sei berühmt als Schlittschuhlaufweltmeister und Olympiasieger, und Per-Ivars Vater habe in Lillehammer am Kino gearbeitet. So klein ist die Welt; und wir werden beim Abendessen Per Ivar auf den Zahn fühlen.
Die Wanderung heute war wunderbar. Immer wieder sahen wir auch Norweger, die sich auf den Skiern von ihren Hunden ziehen ließen. Andere Hunde liefen begleitend über die Schneeweiten in lustvollem Lauf!

Hund im Schnee

Es fliegen die Ohren,
die Beine, die Zungen
in lustvollen Sprüngen
auf schneeweitem Plan
die Kräfte ermessen
mit Luft voll die Lungen,
die Muskeln gespannt
zum Tanze wie Pan;
und Runde um Runde
ganz ohne Grenze,
wer zählt heut die Stunde,
wer zählt die Lenze?

Montag, 16.3.2015, 10:12 Uhr

Wir haben uns innig geliebt. Else Turid und Per Ivar haben nun unserem Beispiel folgend auch eine Hütte, das Bockhaus No. 10, bezogen. Sie hatten Rondane Gjestegaard über booking.com gefunden, über das nur Gästezimmer und keine Blockhäuser angeboten werden.
Beim Abendessen gestern war Per Ivar stolz, uns bestätigen zu können. Er gewann bei den Olympischen Spielen in Innsbruck

1964/65 die Silbermedaille über 5000 m Schlittschuhlauf.
Gold und Bronze in derselben Disziplin gingen ebenfalls an
Norwegen. Er sagte uns dann, sich auf meine Lyrik-Trilogie
beziehend, dass auch er drei Bücher, drei Bestseller, über
Schlittschuhlauf verfasst hat. Als wir diese Taten Christoph,
der das Essen auftrug, mitteilten, meinte der nur, er sei auch
Medaillengewinner auf einer Olympiade gewesen, nämlich mit
Gold im Ruder-Achter. Ich machte von den beiden sogleich ein
Foto vor krönendem Elchgeweih.
Es gab übrigens einen köstlichen, am gleichen Tag beim Eisfi-
schen gefangenen Saibling; ich hätte ihn mit einer Forelle
verwechselt. Die Unterhaltung mit Else-Turid Oestraott-Moe
und Per-Ivar Moe verlief dann so angenehm anregend wie gestern schon in unserer Hütte. Wir wollen heute Abend mit einer
Flasche Mosel Abschied feiern, denn sie werden am Dienstag
zurück nach Oslo fahren, wo zurzeit ihr Haus in Großrenovie-
rung steckt, und wir wollen nach Trondheim.

Lundesetrak-Loipe

Hinein in die Spur,
im Schneezwielicht
gibt sie den Halt nur
beim schwingenden Gleiten,
die Wahrnehmung dicht
auf die schwindenden Enden
der Vorski gericht,
die Stöcke im Takt
zum federnden Schreiten
rhythmisch und abgehackt,
die Schultern ausgreifend
im Gleichgewicht,
vom Pfad nicht abweichend,
Bewusstsein jetzt dicht.

Dienstag, 17.3.2015, 11:03 Uhr

In einem Café in Roeros, früher berühmt durch seinen Kupfer-
bergbau. Gestern Abend haben wir Abschied gefeiert und den
Geburtstag von Cecilie. Mit am Tisch saßen diesmal auch Cord
Pape, Internist aus Hamburg mit Frau, der seiner Frau gegenüber gewettet hatte, dass ich auf alle Fälle Arzt sei, und Christoph, der mich für einen typisch lachenden Kölner hielt. So irrt
man sich teilweise. Das Wetter klart momentan von grau-
neblig auf freundlich-himmelblau auf, sodass wir gleich den
pittoresken Ort in Sonne durchwandern können. In Trondheim wollen wir übernachten.

21:58 Uhr
Zimmer 710 im Britannia; vor einer viertel Stunde nach dem
Abendessen in lärmender Fülle in Nedre auf dem Heimweg
und auf der Brücke Verftsbrua erstmals Nordlicht „life".

Verftsbrua/Elvehaven Trondheim

Fahl leuchtendes Nordlicht
bricht
geisterhaft
Schicht um Schicht
vom Himmel
verwehend, entstehend
in magischen Schleiern
in sternklarer Nacht
so lautlos vergehend
wie entfacht.

Mittwoch, 18.3.2015, 9:26 Uhr

Ein Frühstück, das dem Britannia in seiner vermutlich britischen Tradition nicht nur Ehre macht, sondern das alles, was wir bezüglich Frühstück bisher erlebt haben, und das war z. B. im Ärztekasino der Medical School in Leeds auch schon sehr üppig, meilenweit in den Schatten stellt und in seiner ausufernden Diversität geradezu unendlich erscheint und sich somit notgedrungener Weise über nahezu uferlose Bereiche erstreckt, sodass man irriger Weise denken könnte, das Kalorienangebot werde durch die zu seiner Erlangung notwendige Bewegung wieder wett gemacht, was aber in der Vergeblichkeit dieser Überlegung letztendlich den hier so häufig zu beobachtenden Körperumfang vieler Norweger verstehen lässt. Kurzum wir genießen in selbstrestriktiver Begrenzung angesichts der unausweichlichen Folgen die durch Umgebungsgelächter gelockerte Atmosphäre in der etwas altmodischen, nostalgischen Frühstückshalle in vollen Zügen und das umso mehr, als das Wetter aus gestrigem trüben Grau voll umschlug in anhaltend leuchtendes Blau.

16:10 Uhr
Im Berufsverkehr auf der E 6, heim in Richtung Ringebu. Das Wetter ist eingetrübt. Wir erlebten Trondheim als Venedig des Nordens beim sonnigen Morgenbummel durch die Gassen von Bakkelandet entlang der Nidelva. Von dort aus der Ferne wirkte der Dom noch verträglich oder fast bestechend, hatte er doch auch unseren Besuch in Trondheim ursprünglich ausgelöst. Doch dann, oh Graus! Wie konnte ich mich nur so sehr durch ein Foto verleiten lassen?! Nie würde ich dieses Bauwerk weiterempfehlen mit seinem toten, betongrauen Stein und seiner uncharmant, abweisenden Strenge. Doch das Wetter entschädigte, und der Besuch des Industrie- & Design-Museums besonders durch seine kluge, kultiviert charmant humorvolle Dame an der Kasse, die, obwohl nie in

Deutschland gewesen, außer für kurze Besuche, unsere Sprache nicht nur liebte, sondern perfekt beherrschte mit grammatikalischem Witz und geistreichen Wortspielen. Zudem war Beate von vielen Details der dargebotenen Gegenstände begeistert.

Wir tauschten die Adressen mit Kristin Opems, so hieß sie, die ihren Unterhalt im Museum verdient aber sonst Teil ihrer Erfüllung als Keramikerin findet.

Kunstindustriemuseum Trondheim

Wie kann eine Frau
denn auch so genau
sich voll einer fremden Sprache ergeben,
sie lieben, durchleben
in ihren Tiefen
in ihrem Schweben,
sie ganz durchdringen,
sie in sich selbst
zum Klingen bringen;
das kann nur gelingen,
das kriegt nur der hin,
der hingebungsvoll ganz schwingt im >yin<.

Donnerstag, 19.3.2015, 16.12 Uhr

Gjestegaard/Rondane

Durch die Fensterkarrees der Blockhaushütte
den Blick vom Hügel hinab auf den Bach,
der gefangen in Eis
nur an einzelnen Stellen offenes Wasser hat,
das in der blassen Wintersonne
fließend glitzert, mäandert zum See
durch die weißen Tücher aus Schnee
mit ihrem schwarzen Geäst
verkrüppelter Sträucher und Bäumchen;
kein Tier, kein Vogel, kein Windhauch,
alles ruht und harrt
noch immer in Winterstarre erstarrt.

Freitag, 20.3.2015, 18:00 Uhr

Seit heute früh pudert anhaltend aus diffus grauem Himmel-
tief Schneegestöber herab. Am Spätnachmittag war die Straße
nach Spitzbergseter/Ringebu weiß bedeckt.

Riksveg 24 Venabygdfjellet – Ringebu

Alles weiß,
das Licht diffus,
kein Halt in der Nähe
noch in der Ferne;
doch schwarze Stäbe
schweben,
wo es die Straße gäbe,
daneben
und leiten durch schneeige Weiten
zurück in beruhigend bewohntere Breiten.

Samstag, 21.3.2015, 8:15 Uhr

Wolkenloser, blauer Himmel; vor der Tür minus 18° C! Der Bach ist spiegelnd zugefroren. Wir haben gestern Abend für Oslo gebucht in den Opera Appartements in der Schweigaartsgate direkt hinter dem Bahnhof. Gleich wollen wir noch mal auf die Loipe und heute Nachmittag um 14.15 Uhr zu einem lokalen Musikevent zusammen mit Cecilie und Christoph.

14:58 Uhr
Wir sitzen hier in einem lichten, langgestreckten Massivholzbau, der seine Längsseite nach Süden über die gesamte Länge und vom Schrägdach bis zum Boden schaufensterartig der Sonne öffnet und den Blick freigibt auf den hier gestauten Gebirgsbach, der am Wehr vorbei über Steine und Felsen sprudelnd zum dahinterliegenden und zugefrorenen See fließt. Dazwischen Birken mit ihrer weiß-schwarz gesprenkelten Rinde und Kiefern, dazu die Musik der hier heimischen Musikanten mit Geigen und Gesang in irisch-schottisch, rhythmischen Weisen, zu denen man sich schwingend im Tanz wiegen und drehen müsste. Über den Musikern schwebt im lichten Giebel des Gebäudes ein Holzkahn abgebeizt in das helle Grau der Beplankung. Das Auditorium umfasst inklusive der Musiker vielleicht fünfzig Personen, die sich alle zu kennen scheinen, sodass wir wie hineingeschneit wirken als stumme Beobachter und Genießer ohne Verstehen der eingestreuten Ankündigungen und Erläuterungen, so wie der Bach, der draußen vorbei sprudelt.

Vannbruksmuseet Atnbrua/Sollia

Kultur,
immer wieder erweckt,
selbst in tiefster Natur,
aus Freude am Leben,
am Gestalten,
am Weitergeben und Erhalten
des Alten
und gegen alle Gewalten
des Alltags
Neues entfalten,
schöpferisch das Leben am Leben halten.

Wie ich soeben in der Pause erfuhr, schrieb Knut Hamsun seinen Roman Viktoria in dem Holzhäuschen circa 80 m von hier auf dem gegenüberliegenden Hügel hinter dem Bach und bewohnte das Gehöft rechts daneben circa 180 m von hier!

Sonntag, 22.3.2015, 12:18 Uhr, Ringebu

Stavkjirke zu Ringebu, in der wir soeben den Gottesdienst mit der Taufe eines Säuglings am alten Taufstein aus dem 12. Jahrhundert und in den Trachten des Gudbrandsdalen miterlebten. Und der Herr Pfarrer sprach anschließend... just im Augenblick läuft eine Herde von sieben Elchen querend über die E 6 und bringt den Verkehr zum Stillstand; und ich schaffe es, von dieser bisher einzigen Gelegenheit Fotos zu schießen! Und der Herr Pfarrer sprach anschließend noch freundliche Worte mit uns!

Stabskirche in Ringebu,
von außen kalfatert,
im Inneren riecht es
nach Rauch, Teer und Harz;
alles aus Holz,
außen schwarz
und geteert,
innen mit warmen Farben
rot-braun und mit Gold bewehrt;
hier wird gepredigt,
getauft, verehrt
seit Menschengedenken,
und bei der Jugend
auf den hinteren Bänken
werden >selfies< getauscht,
lachend
und ganz ohne Bedenken!

Montag, 23.3.2015, 19:48 Uhr

Zu Hause in der Platousgate 33, 5. Stock, mit Zimmerfront zu
der nicht ganz ruhigen Schweigaardsgate, die sicher wenig mit
einer Bewahrung von Schweigen zu tun hat. Heute Morgen um
circa 1:35 Uhr bemerkte ich die SMS von Else-Turid Oestraat-
Moe mit der so erfreulichen Nachricht, sich auf den von uns
per SMS angeregten Ballet Abend, >Carmen < im neuen
Opernhaus morgen Abend zu freuen! Heute Morgen verabre-
deten wir uns für 10.00 Uhr am Uhrenturm des Bahnhofvor-
platzes zur gemeinsamen Gestaltung des Vormittags. Wir erstanden dort den Oslopass für zwei Tage, kauften sodann in
der Oper gemeinsam die Carmen-Tickets für morgen, fuhren

dann in Moes Volvo hinauf zur Akershus Fortress, dem alten Castle, wo auch Per-Ivar schon als Soldat gedient und vor der Schlosskapelle den Wachtdienst versehen hatte, fuhren dann zur Color Line, um die Fährentickets für Mittwoch 14:00 Uhr Abfahrt und Donnerstag 11:00 Uhr in Kiel Ankunft zu erwerben, passierten sodann Per-Ivars alte Arbeitsstelle als Assist-Banksjef bei der Nordea Bank und seine Haupttrainingsstätte zur Schlittschuhmeisterschaft auf unserem Weg weit hinauf zum Holmenkollen in circa 500 m Höhe mit bei aufklarendem Wetter herrlichen Weitblick auf Oslo und die Schären der dahinter sich erstreckenden Fjordlandschaft. Nach einem Blick in die gähnende Tiefe der gewaltigen Holmenkollen Schanze gab Per-Ivar uns eine sehr persönliche Führung durch das dortige Ski-Museum mit einer Einleitung durch die Leiterin des Museums, Karin Berg, die uns Einblicke in das Leben Fridtjof Nansens vermittelte, dessen Kenner und Fan sie war, über den sie soeben ein zweites Buch fertig stellte, und dem der Schwerpunkt dieses Museums galt. Vervollständigt und weiter vertieft wurde dieser Eindruck durch den anschließenden Besuch des Fram Museums, wo wir erfuhren, dass die Fram eine spezielle und die erste packeisresistente Bauart eines Segelschiffs war (mit Dieselmotor und Ruderblatt/Schiffsschraube einziehbar), das aus der Hand Collin Archers hervorging, der später noch circa 200 fast unsinkbare Seenot-Segelschiffe baute, die so genannten >Collin Archers<, von denen Beates Cousin, Thomas Behrends auch eins erwarb und besitzt, auf dem sich Rike und Stephan kennenlernten, und ich mich beim Kreuzen vor Mallorca bei nur leichter Dünung ausgiebig übergeben musste.

So sind wir denn inklusive heute auf zwei der bemerkenswertesten Segelschiffe der Geschichte gewesen!

Sprungschanze Holmenkollen,
man muss ihn nur wünschen,
man muss ihn nur wollen,
den Sprung in die Tiefe,
den Flug in die Weite!
Wer oder was auch immer uns riefe,
auf dass es uns nehme,
uns dazu anleite,
uns selbst zu ermessen
zu eigener Erfüllung,
zum Wohle des Ganzen
die Grenzen vergessen
zu neuer Enthüllung
wie damals in Oslo
ein Fridtjof Nansen.

Dienstag, 24.3.2015, 10:57 Uhr

Um 11.00 Uhr öffnet die National Gallerie, und es sind dort
durchaus keine Warteschlangen zu erwarten. Wir sitzen in der
wärmenden Morgensonne in einem Eckcafé schräg gegenüber
und haben den Oslopass auch bezüglich der problemlosen
Nutzung der öffentlichen Verkehrsmittel schon reichlich genossen. Man setzt sich ganz einfach in die/den gerade vorbei-
fahrenden Bus, Tram, T-Bahn (Tunnel=U-Bahn), ohne sich um
jeweilige Tarife oder passendes Kleingeld kümmern zu müssen.

15:14 Uhr

Astrup Fearnley, das Museum für moderne Kunst in einer
Traumlage direkt am Fjord – viel Lärm um wenig, auch wenn
Anselm Kiefer dabei war. Am Abend zum krönenden Ab-
schluss: Carmen!

Carmen Ballet, Opernhaus Oslo

Kultur pur
auf der Eisscholle am Fjord
in hell gleißender Architektur;
doch auch an diesem phantastischen Ort
klappte sie nur
durch Präsenz und Verdichtung;
auch wenn der Plot veraltet erschien,
hinreißend war die Richtung!

Donnerstag, 23.4.2015, Thessaloniki, Griechenland

Dynamik der Gruppe,
atmosphärische Dichte,
die Stadt im Dunkel,
im schwindenden Lichte,
Wortfetzen, Lachen,
flackernde Lichter,
Retsina und Uso,
es leuchten Gesichter,
Austausch, Gesang,
Tsirtaki-Klang,
Entspannung vom Alltag
am alten Markt,
hier geht es lang,
in unscheinbarer Ecke
trifft sich, wer's mag
und zu jedwedem Zwecke.

Freitag, 24.4.2015, Thessaloniki

Eine Landschildkröte,
gewölbter Schildpatt,
hinter Nikolaos Orphanos
kreuzt unsren Pfad.
Du griechische Kröte,
Symbol dieses Landes
und seiner Nöte,
kreuztest den Weg schon
vor fünfzig Jahren,
als wir erstmals
in Griechenland waren.

Samstag, 25.4.2015, Vergina, Grabanlage Philipp II.

Als absoluter Höhepunkt der bisherigen Reise gestaltete sich der Besuch der Ausgrabungen makedonischer Königsgräber in Vergina, insbesonders der Grabanlage Philipp II., dem Vater Alexanders des Großen.

Das Fresko, das die Wand seiner Grabkammer innen schmückt, stellt als dreidimensionale Momentaufnahme den Raub der Persephone (Proserpina), Tochter der Demeter, durch Pluto, Herr der Unterwelt, hinab in sein Reich dar: lebendig-dramatisch; die Gesichtsausdrücke Persephones und ihrer Freundin individuell persönlich – mit staunendem Erschrecken auf dem Gesicht der Freundin. Beide waren beim Blumenpflücken von Pluto auf seinem diagonal aus dem Fresko heraus auf den Betrachter zu fahrenden Zweispänner überrascht worden. Der bärtige Pluto, kraftvoll mit der Rechten die Zügel des schnaubenden Gespanns haltend, mit der Linken den nach hinten im Tempo des Zugriffs weg sinkenden Leib der Persephone umfassend und mit der Hand ihren linken Busen greifend. Das ist lebendig wie auf einer Schappschussaufnahme oder auf einem Bild von Degas, das den Moment festbannt, atemberaubend, als passierte es gerade im Augenblick, und festgehalten in einer Leichtigkeit, wie hingehaucht, sodass vieles des Dargestellten erst nach Verweilen des Blicks allmählich in das Bewusstsein rückt, als tauche es aus Nebeln auf, um Kontur zu erlangen.

Wir alle hatten das wohl nicht erwartet und sicher zuvor noch nie derartiges gesehen und empfanden es umso intensiver, da es doch vor mehr als 2300 Jahren entstanden an unmittelbarer Intensität so überhaupt nichts eingebüßt hatte.

Sonntag, 26.4.2015, Meteora

Du Schwebende,
hoch über den Wolken,
die heute nicht hingen,
gehangen;
schon in der ersten
der zahlreichen Wenden
in Deine Höhe
erfuhr einst mein Schicksal
die Wende ins Glück,
als es vor Jahren,
eins mehr als fünfzig,
Dich erstmals berührte.
So schließt sich heute,
sonnig und glücklich,
ein Kreis, der damals,
bar jeder Ahnung,
an einem grauen
Morgen begann.

Montag, 27.4.2015, Kastoria, Nordgriechenland

Nachtfalter am Tag,
auf dem sonnendurchwärmten
Steinkreuz der griechischen Orthodoxie
entfaltest Du
die ausufernde Pracht
Deiner samtenen Flügel
und trinkst
das sanfte Licht des Nachmittags
mit den dunklen Pfauenaugen
der vierfach entfächerten Schwingen,
die den Ikarusflügeln gleich
an einzelnen Stellen
zerfetzt und zerrissen
Dich weiter gaukelnd geleiten.

Donnerstag, 30.4.2015, Kloster Visoki Decani, Kosovo

Singsang in serbisch
und im Kosovo
in heiliger Verkleidung
und verzückender Show,
Kfor-Truppen geschützt
vor menschlichem Irrwitz
in scheinbar entrückter Ruh,
doch nie und niemals
passt dieser Schuh.

Sonntag, 21.6. 2015, 22:22 Uhr, Köln

Gestern auf der Geburtstagsfeier von Maja und Thomas,
70 + 75 = 145, in der Einsiedelscheune zu Rüdesheim brachte
unter zahlreichen Darbietungen auch Franzi einen Vortrag,
dessen sie sich wohl bis zu allerletzt nicht sicher war, ob sie
ihn denn überhaupt bringen sollte.
Sie begann in freier Rede zögernd mit der Darstellung dieser
Zweifel der letzten Tage und noch Stunden, die dann aber sich
allmählich lösend überging in ein jubilierendes Gezwitscher
zur Daseinsentstehung aus dem Nichts über chemische
Verbindungen zu niedersten und immer höher entwickelten
Lebensformen bis hin zum Menschen und schließlich ihren
Eltern, Maja und Thomas, denen sie selbst unmittelbar ihr
Dasein verdanke, die das Leben an sie weitergegeben hätten
und noch dazu alle Halt gebenden Rückversicherungen und
Wertmaßstäbe. An dieser Stelle benahm es ihr vor Rührung
den Atem für lange Sekunden, während derer den Eltern und
einer guten Freundin die Tränen in den Augen standen. Und
niemand der zahlreichen Erwachsenenversammlung störte
diese sich nur ganz langsam lösende Fassungslosigkeit, die bis
zum anhaltenden Verstummen geführt hatte, durch Unruhe,
bis sie sich selbst fing, um wieder erlösend in den zwitschern-
den Lobgesang des Lebens zurückzufinden.
Ein geübter, erfahrener Schauspieler hätte diese anrührende,
überzeugende und durch ihre retardierende Wortlosigkeit
noch gesteigerte Intensität nicht so, geschweige denn besser,
darstellen können.

Montag, den 29. Juni, 2015, 11:36 Uhr, Ittinger Kartause

am Springbrünnlein in der Schattenlaube des großen Kreuz-
gartens der Ittinger Kartause geschützt durch die Holzgebälk-
dachung des offenen Brunnenhaus vor der lastenden Mittags-
sonne, umspielt von an und ab leicht fächelndem Lufthauch,
der den Duft der das Wandgebälk der Brunnenrundlaube um-
rankenden, sauber verblühenden Strauchrose zuträgt und
klanglich begleitet vom immer wieder vernehmbaren Geplätscher des unermüdlichen, flackernden Springstrahlstümpf-
leins des Brunnens, jetzt kurz durchbrochen durch den Stun-
denschlag des Klosterglöckchens. Aus dem lichten Gelbgrau
der lockeren Sommerbewölkung das anhaltende, hin- und
herziehende Raunen und sanft, verhaltene Knurren der
schweizerischen Luftabwehrjäger; ein Ort der Ruhe und der
mittäglichen Besinnung im ursprünglichsten Sinne dieses
Wortes.

Donnerstag, 23.7.2015, Köln

Beate
Bebaucis
Bauzate,
Zaubate
Zartbaucis
Bezarte,
Barbaucis
Baubacis
Baubate,
glückliche Baucis
Beate,

Philemas
Dein harrt,
der ganz gänzlich hart
und vernarrte!

Samstag, 25.7.2015, 15:06 Uhr, Leipzig

In der Thomaskirche zur Toccata A-Dur von Johann Kuhnau (1660-1722), der hier Organist war von 1684-1701, sowie Thomaskantor und Universitätsmusikdirektor von 1701-1722, also seinem Tod im 62. Lebensjahr. Die Kirche ist ungewöhnlich dicht besucht von lauschenden Leuten, die trotz des zur Zeit sturmböigen Hochsommerwetters sich hier versammelten, um die dargebotene Klangfülle zu verinnerlichen, viele mit geschlossenen Augen, um sich noch ungestörter, hingebungsvoller, unabgelenkt durch visuelle Reize den Klangwundern der Bachorgel auf halber Höhe im Hauptschiff hingeben zu können, zu deren Füßen wir uns fast zufällig platzierten in Erwartung der Darbietungen von der Hauptorgel, der Sauer – Orgel, am Ende des Hauptschiffs in unserem Rücken. Unmittelbar vor mir erhebt sich an der Säule angelehnt die Predigerkanzel. Es folgt nun >Herr Jesu Christ, dich zu uns wend<, BWV 655, von Johann Sebastian Bach, 1685-1750, Thomaskantor von 1723 bis zu seinem Tod, also dahier ganze 27 Jahre. Ein Mann dieser unfasslichen, geistigen Kapazität lässt sich schwerlich in die Beengtheit der vorliegenden Räumlichkeit denken – und doch gab dieser Rahmen den materiellen räumlichen Hintergrund für seine einzigartige, fast überirdische Meisterschaft ab. Und ich *schreibe* während dieser erhabenen Klänge völlig meinem Geschlecht zuwider, dem böse Zungen (weibliche?) bisweilen nachsagen, es sei nicht zu unterschiedlichen Aktionen in Gleichzeitigkeit befähigt? Doch Bach, wie vielen Stimmen verhalf er doch zu überbordender Gleichzeitigkeit! – ein Genuss, dem man sich tatsächlich ausschließlich hingeben sollte – gewaltig – hinreißend! – treibt die Tränen in die Augen, so durchdringend – das Trio d-Moll, BWV 583, und das Trio super >Allein Gott in der Höhe sei Ehr<, BWV 664. Es folgt nun Dietrich Buxtehude,

1637-1707, Organist und Werkmeister zu St. Marien in Lübeck mit dem Präludium in G, BuxWV 149. Der junge Bach besuchte Ihn vor Ort, um ihn zu >belauschen<. Nun Wechsel an die Sauer-Orgel mit Alexandre Guimant, 1837-1911, Sonate Opus 42, No.1 in d-Moll; uns im Rücken durchfluten die Klänge in Wellen das gesamte Längsschiff. Dass so ein kleiner Mann in weißem Hemd, der Organist, pyknisch-dicklich, so rundum in den Bann schlagen kann! Er zieht natürlich alle Register, tritt die Bälge, die ihn hydraulisch übersteigert stützen, spielt auf meterhohem Pfeifen wie auf Trompeten und Posaunen und findet Widerhall in einer hohen, weiten, dreischiffigen Hallenkirche, die den Schall hundertfach bricht, nur wenig resorbiert durch das lauschende Gekrabbel des erbärmlich menschlichen Bodensatzes im Gebänk, ehrfürchtig und seine Zeitlichkeit eingedenk; darüber aufgeführt der Tonsetzer, der mit kühnem Griffel schrieb, wo's langgeht.

Sonntag, 26. Juli – 19:08 Uhr

In der warmen Abendsonne im Ostwinkel am Kaffeetisch des Gohliser Schlösschens. Wir haben Karten gelöst für die Aufführungen des >Gespenst vom Centerville< von Oscar Wilde unter freiem Himmel hinter, beziehungsweise vor dem Schlösschen, wo wir bereits zwei Sitzplätze in der dritten Reihe belegten. Um 20:00 Uhr soll die Vorführung beginnen. Vorher werden wir hier wahrscheinlich noch eine Wein-Schorle erhalten. Hoffentlich wird es uns nicht zu kalt werden, denn wir sind sommerlich leicht bekleidet. Aber zum Glück hat sich der gestern noch äußerst heftige, böige Wind, der immer wieder Sturmstärken erreichte, komplett gelegt, sodass die Aussichten gut sind. Und schon funkelt die güldene, kühle Schorle vor uns in kristallklaren Gläsern im warmen Licht der untergehenden, aber noch wärmenden Sonne. Um uns herum sanftes Geplauder der Nachbartische in entspannter

Sonntagabendstimmung. Auch wir sind entspannt nach ausgiebiger, morgendlich-leidenschaftlicher Begegnung und in der Gewissheit, morgen unser Zimmer per Zahlung einer Gebühr nicht vor 17:00 Uhr räumen zu müssen. Im Augenblick verschwindet die Sonne hinter dem Dachgesims des Schlösschens – die Rechnung ist bereits bezahlt, sodass wir weiter locker genießen in Auskostung des Lokalkolorits, das uns sogar im schwindenden Sonnenschein mir gegenüber über dem First des Querflügels der Schlossanlage in einem der offenen Fenster des dritten Stocks eines großbürgerlichen Mietshauses der vorletzten Jahrhundertwende eine sich sonnende sächsische Schönheit präsentiert. Doch jetzt ist auch Sie, wie die Sonne des heutigen Tages, verschwunden, ohne mich aus dem noch anhaltenden, wohligen Gleichgewicht zu bringen. Gleich werden auch wir einen Platzwechsel vornehmen.

Donnerstag, den 20.8.2015, 20:08 Uhr, Dinslaken

Reihe vier auf der Ruhrtriennale im Musiktheater Accattone
von Pasolini, oder besser, in Anlehnung an seinen Film
„Accattone" = Bettler. Es handelt sich um eine Anklage zu den
sozialen Castouts der italienischen Vorstädte hier in Dinslaken
auf die Schotterbühne der grenzenlosen Kohlenmischhalle der
Zeche Lohberg als Theaterstück gesetzt durch Johan Simons
mit dem Nationaltheater Gent und mit musikalischen
Zwischeneinlagen Bachscher Choräle durch den Chor und
das Orchester des Collegium Vocale Gent auf höchstem Klang-
niveau und live. Leider kam der Handlungsstrang trotz impo-
santester Kulisse nicht intensiv, mitreißend, niederschmet-
ternd, sondern verdünnt, mühselig, stellenweise ratlos rüber.
Man hätte sich hier Büchners Woyzeck gewünscht. Trotzdem,
die Kulisse war umwerfend! Nie habe ich eine Bühne derartig
uferlosen Ausmaßes nach oben, in die Breite und erst recht in
die unendlich verdämmernde Tiefe erlebt, die zunächst noch
am Ende der maßlos langen Kohlenmischhalle mit Ihrer maul-
offenen Stirnseite uns in der Ferne die Ansicht in eine Sonne
beschienene Landschaft, begrünt, und unter blauem Himmel,
auftat, sowie durch zahlreiche, sich rhythmisch wiederholen-
de, offene Tore in der sich hinstreckenden, rechten Längs-
wand der Halle, bunten Mosaikbildchen gleich, die Aussicht
aus dem Dunkel der Halle in das leuchtende Außen des noch
immer hellen August-Hochsommertags freigab. Die Tiefe dieser nach oben domartig verdämmernden Halle wurde noch
betont durch ein veritables Eisenbahngleis aus vergangenen
Tagen, das aus der Unendlichkeit von außen durch die offene
Stirnseite der Halle diese in ihrer gesamten Länge durchlief,
um kurz vor den am Hallenende hoch aufragenden Zuschauer-
tribünen – von hunderten Zuschauern restlos bevölkert – mit
einem Prellbock zu enden. Sonst gab es nur noch das
schmucklose Podest für das große Orchester und den Chor

mit seinen Vokalsolisten, das an seiner Stirnseite das halb von Schotter verdeckte Schild des Jupiter-Schachts schmückte, sowie rechter Hand einen Stahl-Baucontainer als Rückzugs- und Durchgangsort für die Schauspieltruppe, die sich sonst mit den Schotterweiten der Halle begnügte sowie einer im Vordergrund ausgehobenen Grube, deren Tiefe nicht erkennbar war, und sich wiederholt ergebenden Selbstmordversuchen verbunden mit erheblichen Staubwolkenaufwirbelungen diente. Und obwohl der Handlungsstrang dünn war, bebte am Schluss der Darstellung die gewaltige, aus Metallrohrgestänge montierte Zuschauertribüne unter frenetischem Beifall und begeistertem Fußgestampfe.

Als diese unglaubliche Menschenmenge schließlich auf der rechten Hallenseite über die gesamte Länge von über hundert Metern der offenen Stirnseite zu abzog, drängte sich das Bild einer Völkerwanderung auf.

Montag, den 24. August, Essen

Gestern kamen wir erst am Abend zurück von der Ruhrtriennale im Essener Norden auf dem Gelände der Zeche Zollverein, dem Weltkulturerbe, wo wir Michael trafen.
Am meisten beeindruckte ihn an dieser Anlage die maßlose Anmaßung, mit der der Mensch hierher kam, sich bis in das Innerste der Erde verbiss, um ihr die fette, schwarze Kohle zu entreißen, dann riesige Anlagen errichtete, um die Kohle zu vergasen, zu entschwefeln, zu verkoksen und zu Stahl zu verkochen, dann das Interesse verlor, alles stehen und liegen ließ wie einen noch dampfenden Haufen, diesen unter Denkmalschutz stellte, heiligte, um darin seine Zukunft zu deuten und sich dann getrost neuen, noch unberührten Feldern zuwandte. Koprophetie!
Doch wir kamen hierher, um Orfeo – eine Sterbeübung – in der Unterwelt der gewaltigen, verwaisten Betonburg der Kohlenmischanlage zu durchlaufen, von Michael mit seinem Kaleidoskop musikalisch in Anlehnung an die Monteverdi Oper und von den drei Regisseurinnen, Susanne Kennedy, Suzan Boogaerdt und Bianca van der Schoot, theatermäßig inszeniert.
Was uns erwartete, war so verfremdend und abstrakt, dass sich das Gefühl einstellte, die Zeit sei stehen geblieben, und man bewege sich wirklich in den Schatten einer unwirklich hingehauchten, schemenhaften, weltlicher Genüsse nicht mehr teilhaftigen Unterwelt.
Wenn das überhaupt erahnbar ist, dann wurde es hier in einer möglichen Version so gut erreicht, dass man tief bewegt von dannen ging, vom tiefsten Geheimnis unseres Daseins berührt.
Mutiger und intensiver lässt sich Musik und Theater schwerlich inszenieren.
Da Christa in ihrer unbefangenen, direkten Art auch noch zu uns gestoßen war, verbrachten wir – die Vorstellung begann

um 13:40 Uhr und dauerte circa eineinhalb Stunden – noch weitere zweieinhalb Stunden des warmen Hochsommernachmittags auf der Terrasse des Kokereicafés im Schatten der sich vor unseren Blicken bis in die Ferne erstreckenden Kokereigalerie mit ihren vorgelagerten, an die Taj Mahal erinnernden, schillernden Wasserbecken. So löste sich der Nachmittag schwerelos auf, fast jenseitig und leicht und ohne warum und wofür, einfach im Hier und Jetzt.

Dienstag, 25.8.2015, 19:26 Uhr

Auf eigenem, mitgebrachtem Klappstuhl im Längsschiff des
Kölner Doms schräg gegenüber und unter der malplatzierten
Orgel – oh, dieser Arnold Wolf, Dombaumeister, der doch statt
zu schützen die großartige Symmetrie dieses einzigartigen
Längsschiffs nachhaltig und auf Dauer zerstörte – man sollte
ihm eine Beschriftung widmen, auf dass er sich auf immer
schäme! Wir erwarten heute das Abschlusskonzert des 55.
Zyklus der Internationalen Orgelkonzerte im Hohen Dom zu
Köln. Es handelt sich um das zwölfte Konzert mit Johann
Caspar Karill, 1627-1693, Karl Höller, 1707-1992, Saint Saëns,
1835-1921, Jean Guillou, 1930 –, Herbert Howells, 1892-1983,
Henry Smart, 1813-1879 – und hoch ist der Dom ohne Ende
mit seinen gebündelten Säulendiensten ohne Quersegmentie-
rung haltlos nach oben in 50 m Höhe verdämmernd. Der Dom
ist rappelvoll mit Publikum, das zuhauf anhaltend noch immer
von außen mit Klappstühlen gerüstet hereinflutet. Dreimal
schlägt die Glocke– also, dreiviertel acht, und noch immer
reißt der Zustrom der Besucher nicht ab. Der Riesenraum
klingt vom Gesumm, Geplapper, Wortschnüren der Menschenmenge in Gerede und Austausch. Gleich wird das alles
verstummen unter den anklingenden Orgelakkorden. Ein
Allegro von S. Saëns springt durch die Hallen, es klingt aus
allen Höhen und Winkeln, es rauscht, flutet, wabert in 100
Widerklängen, es durchdringt und geht über die Köpfe weg,
die wie Mäuslein sich ducken – dann säuselt es wieder hold
und versöhnend – die Menge stumm, stöhnend und dächtig,
ohnmächtig, ergeben; gleich wird er sie heben mit mächtigen
Klängen und strengen Akkorden, Posaunenstößen, Klangwelten, Kaskaden von Tönen freisetzen, entblößen in dröhnenden
Pfeifen und greifen, durchbeben gewaltige Gewölbe, durchdringen die Steine und alle Gebeine der Toten und auch des
Lebendgewürms in den Bänken , dem Bodensatz des hohen

Doms, klein, wortlos, dumm andächtig, kurzum ohnmächtig, doch durch die Klänge tief unter die Haut gesammelt, gerichtet, neu aufgebaut bis in die höchsten Höhen des gewaltigen Haus, der Höhe des Dom!

Und jetzt mit Pauken und Trompeten der Abmarsch und erhebende, durchwirbelnde Ausklang; dann wieder mit sanftem Säuseln die Ohren kosen und schmeicheln, einseifen mit Henry Smart, „one of the finest composers England ever produced"!

Samstag, 19.9.2015, 16:57 Uhr, Zillertal

Der Tag ist längst gelaufen, und die erwartete, besondere Anstrengung blieb aus. Dafür erlebten wir den Almabtrieb frühmorgens jenseits des Sidan-Jochs, des mit 2127 m höchsten Punktes unserer heutigen Wanderung, aus der Höhe uns entgegen mit höchst festlich geschmückten, Blumen und Tannenreiser bekränzten, starr dösigen Rindviechern sowie geputzten Hirtinnen und sonntäglich betrachteten Almbauern, wie auch früh nachmittags erneut diesseits des Sidan-Jochs und diesmal von hinten und uns in unserem hochkomfortablen, per Anhalter aufgetanen SUV (sport utilty vehicle) Mercedes auf unsrer kurvenreichen Abfahrt in das sonnenreiche Zillertal behindernd aber ebenfalls prachtvoll dekoriert und als Jahresabschlusshöhepunkt im Zentrum des feierlichen Interesses teilgenommen wurden wir unterhalb der Rastkogelhütte auf der Teerstrasse am Melchboden vom barock beleibten, vital lebenstüchtigen, freundlich zugewandten Fahrer der üppigen Lackkarosse, nämlich Frank Ebermann, der sie auf unseren bittenden Wink hin anhielt, die Heck- und hintere Seitentür öffnete und uns nach umfassenden Umlagerungen diverser Kleidungsstücke und voluminöser Reiseutensilien von der Rückbank in den dahinter liegenden Stauraum auf dieser schließlich Platz nehmen ließ neben seiner sich dort bereits befindenden, ebenso stattlich voluminösen, freundlichen Ehefrau und hinter seinem ebenfalls prachtvoll gerundeten, das Leben im hier und heute genießenden Freund auf dem Beifahrersitz. Dieses joviale Trio, mit dem wir nun die sich überaus lang hinziehende, halsbrecherisch steile und durch zahllose Haarnadelkurven gemeisterte Abfahrt ins Zillertal genossen, auch unter Anhalten und Rücksetzen, um sich soeben passierte, besonders gelungene, bäuerlich farbige Fresken an den Außenfassaden mancher Häuser nochmals nach erstmalig nur flüchtiger Registrierung aus dem Augenwinkel, sozusagen en passant, nun nochmals unter Würdigung der Details voll genießend zuzuführen, stammte, wie sich aus dem Verlauf unserer Unterhaltung ergab, aus unserer unmittelbaren Nachbarschaft, nämlich aus Siegen, wo Herr Ebermann und Ehefrau in Netphen Sulchendorf in der Schulstraße 42 einen Bauernhof mit Wiesenwirtschaft und Rinderhaltung betrieben. Sie hatten sich, um sich eine Abwechslung zu gönnen, von dem Almabtrieb im Zillertal hörend, um dieses besondere Ereignis zu erleben, zu einer Wochenend Stipvisite in diese Region entschlossen, oder besser gesagt, sich diese gegönnt. Natürlich blieb beim freundlichen Gedankenaustausch, der bei der Abfahrt ins Tal durch den zeitweilig behindernden Almabtrieb vorzüglich störrischer Rindviecher weidlich an

Zeit gewann, auch unser Beruf nicht unentdeckt und führte zu anschließendem, umfänglichen Gedankenaustausch bezüglich naturheilweislicher Behandlungsmethoden bis hin zu den Skurrilitäten der Akupunktur, in Sonderheit der Ohrakupunktur bis hin zu den Heilungsphänomenen der Narbenbehandlung nach den Gebrüdern Huneke, die ja ebenfalls aus dem Kölner Raum stammten, und veranlasste abschließend nach unserer Ablieferung am Bahnhof der Zillerbahn in Ramsau unseren Fahrer zum Adressenaustausch unter der Feststellung, unsere Mitnahme habe sich gelohnt!

Mittwoch, 23.9.2015, 15:12 Uhr, Innsbruck, Café Sacher

Soeben waren wir im Café Sacher, in der Hofresidenz, und neben mir ließen sich auf gleicher Bank drei stark sächselnde, betagte aber robuste Damen fortgeschritteneren Alters nieder und deren eine gleich mit Ellenbogentuchfühlung zu mir, durch ihr flaches Hütchen geschützt und dieses unter einer Plastikhaubenduschkappe. Die innige Nähe zu mir beschleunigte den Gedankenaustausch, bei dem sie kein Hehl aus der

Provenienz wie auch Zweckmäßigkeit ihrer Duschkappe machte, gleichzeitig ihre Kostenlosigkeit hervorhob und zudem trotz der momentan anhaltenden, regensicheren Begleitumstände keinerlei Anstalten traf, diese Kappe wegen ihres fehlenden Chicks oder etwa ihrer offensichtlichen Herkunft wegen zwischenzeitlich abzulegen.

Im Folgenden erläuterte sie mir des näheren ihre eigene Herkunft aus Sachsen als Teil der unseligen DDR, was in Anbetracht ihrer farbig markanten Ausdrucksweise im eigentlichsten nicht nötig gewesen wäre; betonte, dass sie und ihre Reisegefährtinnen sich erstmals seit diesen unglücklichen DDR-Zeiten, in denen sie doch dort eingesperrt gewesen seien, nun in Österreich befinden würden; dass sie unbedingt auch noch wegen des Doms nach Köln kommen wolle; dass sie die Bombardierung Dresdens in der Altstadt als kleines Mädchen von 8 Jahren – also war sie 78 Jahre alt – im Keller auf Grund einmalig glücklicher Umstände überlebt habe...und, und, und – mehr als sich normalerweise innerhalb einer Viertelstunde vermitteln lässt, um dann putzmunter die Lokalität noch vor uns – obwohl doch nach uns eingetroffen – wieder zu verlassen.

Mittwoch, 4.11.2015, Köln

Karin – Rosen und die Nachtigall

Wie ein Ghasel,
Gespinst, ein Traum,
erreichten mich die blütenreichen Seiten
aus jenem fernen Reich
und überbrückten jenen Raum
trennender Endlosweiten
durch Duft
und Leichtigkeit zugleich
persischer Schrift,
schwingend und weich;
die Ferne löst sich auf in Luft.

Freitag, 20.11.2015, 8:43 Uhr, Köln

Gleich brechen wir auf nach Aachen zur Trauerfeier für Jürgen. 1977 lernten wir uns in Dar es Salaam kennen beim Schmuck- und Trödelkauf in einem indischen Geschäft. Hätte ich damals ahnen können, dass ich heute eine Trauer- oder besser Erinnerungskomposition an Jürgen vortragen würde? So wird das Leben mit all seinen unabwägbaren Möglichkeiten und ungeahnten Pirouetten und Kehren schließlich Geschichte und somit unumkehrbar, mit anderen Worten: zu Geschichte und tot!
Was uns leben lässt, ist das noch Unbekannte mit seinen nicht erahnbaren Möglichkeiten, die Angst einflößen gleichzeitig aber alle Hoffnungen am Leben halten.

Jürgen

Unangepasst, quer denkend und quer streitend,
nicht grade einfühlsam, doch nie langweilig,
Entdecker, Abenteurer, Großwildjäger,
gewinnen willst Du immer, nie verlieren;
lebensbejahend und bewegungsfreudig
aus tiefstem Naturell, Dir angeboren
Dein unauslöschlich starker Lebenswille,
in allen Lebenslagen trägt er dich,
auch noch bewusstlos ist er Dir zu Eigen;
Krankheiten kennst Du nicht,
nur körperlichen Unbill:
selbst Marcumar, das ist für dich kein Thema;
Quick/INR bestimmst Du selbst am besten,
bereist damit die Welt in eigener Regie mit Lydia
natürlich nur Regionen, die Du noch nicht kennst,
ganz gänzlich ungewohnt und unbewohnte;
die Dialyse schließlich gibt's nicht nur in Aachen,
nein auch in München ist sie arrangierbar
wegen der Lockung seiner Bibliotheken,
die Du benötigst für die Neuauflage
der so beliebten Ökozonen unter den Studenten;
und auch als physisches Geschehen Dich schon übermannt,
Dein Kommentar: > jetzt reicht es aber langsam<,
beugst Du den Kopf nicht, nicht einmal im Traum,
wozu auch? Das ermutigt, Jürgen!
Unsern Respekt! In diesem Sinne bleibst Du bei uns!

Samstag, 28.11.2015, Köln

Henry Moore
monumental
klein gezoomt in Zentimeterregionen
die Proportionen
die innewohnen
lassen dem Zoom keine Wahl

monumental
bleibt
monumental

Klaus Brauch
bis in das kleinste Detail
bis hin zum sanftesten Hauch
ist proportional
monumental
auch

Dienstag, 1.1.2016, Köln

Schnell dahin ins Neue Jahr:
Efeu-Blätter mit Namen in Silber,
zerstreut
auf dem Tisch
über Flecken von Rotwein,
unbereut
und nicht mehr ganz frisch,
als Zeugen glücklicher Stunden
des Frohseins,
die nicht mehr sind,
denn das Fest ist vorüber;
schon sind wir gebunden
in neuen Runden,
die alten, wie immer,
sind längst im Spind.

Donnerstag, den 11.2.2016, 21:08 Uhr, Köln

>der Tod ist ein Meister aus Deutschland< – >Wir heben Grä-
ber in die Luft, schaufeln fleißig und die andren fiedeln< – >Er
will, dass über die Därme dreister der Bogen streng wie sein
Antlitz streicht< – >er spielt im Haus mit Schlangen< – >in
Deutschland dämmert es wie Gretchens Haar< – >Das Grab in
Wolken wird nicht eng gerichtet<.
Zwei Jahre vor der Todesfuge schrieb das Immanuel Weißglas.
Darf das denn unerwähnt sein? Weißglas schreibt: >Im Be-
reich der Dichtungen kommt es, mag auch der Umriss einer
Metapher von einem Gebilde ins andere herüber leuchten,
immer nur auf Gewinn und Verlust im rein Künstlerischen an.
Und die Todesfuge ist tief verankert im lyrischen Bewusstsein
unserer Zeit. Parallelismen bezeugen keineswegs Priorität.<

Freitag, 4.3.2016, 7:43 Uhr, Oslo-Fjord

Einen Rundgang im Eisregengestöber auf dem Oberdeck. Wir sind bereits tief im Fjord von Oslo. Alles ist draußen in lichtes, nasses Grau getaucht, und wir gleiten unverändert seit unserem Start vor nunmehr 18 Stunden schnell und aus der Kabinenwahrnehmung auch geräuschlos unserem Ziel entgegen.

Hundeschlitten im Rondane

In Fernen glänzen
in gleißender Güte
Bergschultern, schneeig
wie Zuckerhüte
mit Hundeschlitten
hinauf aufs Plateau
in arktische Weiten
des Nirgendwo
das Trappeln der Läufe
das Hecheln der Zungen
das Poltern der Kufen
von Lauflust durchdrungen
die Hunde im Rudel
Gespann auf Gespann
treibt über die Weiten
im Rausche und Bann
des Laufen und Gleiten
und nichts grenzt die Sicht
die Ferne verblaut
es wachsen uns Flügel
im gleißenden Licht
der Schwere entbunden
schenkt uns das Hecheln
der Hunde befreiend
beglückendes Lächeln.

3.2016, Rondane, Norwegen

The Edward Snowden Ballad

Ed Snowden
First hero
Of the very young net
You dared the fight
For Your favorite pet
You gave Your own freedom
As You thought it should be
To save in the net
Our privacy
Being young, on Your own
You made it alone
This contribution
And were left alone
For You felt obliged
To the constitution
Which You ever hailed
Of Your beloved country
Which never failed
By it's law
The harbour to be
Of personal freedom and privacy
Which You saw
Endangered in a serious way
By Big Brother controls in the NSA
To change this practice
You made it public
Loosing Your freedom and home
You alone
Fighting for privacy in the World Wide Web
Human development biggest Stepp
Since mankinds hour of Zero

You did it for us
So You should know
For ever You are our Hero!

Ostermontag, 28.3.2016, Ufnau, Zürichsee

Osterspaziergang auf Ufnau

fliegende Kinderarme und –beine
im sonnedurchblinkten Zwilicht
des Hohlwegs am Nordhang der Ufnau
dem Bootssteg entgegen

Sonntag, 1.5.2016, 7:57 Uhr, Köln

Wir haben soeben auf der Hohenzollernbrücke den Rhein gequert. Der ICE 5513 ist voll besetzt. Neben mir Beate und hinter uns Julika und Frank. In Frankfurt werden wir auf Ulla und Martin stoßen und den Rest der Ikonen-Museumsreisegruppe. Das Wetter ist grau in grau; also gut, Deutschland in Richtung Süden zu verlassen. „Schreibst du schon wieder?", fragt Julika. Jetzt oder nie! Kann man den Augenblick fangen?

Neben mir ein junges Pärchen, er auf dem abgeschrägten Sitz nach hinten diagonal in den Fensterwinkel hingestreckt, den Kopf nach außen weggesunken, und sie zusammengekauert ruht mit ihrem Kopf und Oberkörper, die Arme angewinkelt auf seiner Leiste und Oberschenkel, tief schlafend beide, und sie zudem gehalten durch seine auf ihrer rechten Schulter ruhenden Hand, gestützt durch ihren nach innen gedrehten Fuß, halb rausgerutscht aus dem nach außen abgekippten Schuh mit seiner flach getretenen Absatzkappe.

Wir gleiten kurz hinter Siegburg durch einen schwarzen Tunnel. >we wish You a pleasent journey< auf dem Display vor mir unter der Decke unseres Wagens. Wir fahren, oder besser, wir fliegen fast erschütterungsfrei mit 276 km/h im Display angezeigt. Fühlen tut man das nicht. Neben uns immer wieder in blitzartigem Aufleuchten die Autos auf der Autobahn langsam wie Ameisen. 281 km/h und auf dem Display; Goethe als weiße Schablone daneben und sein Geburtshaus; na, der hätte sich gewundert – verweile doch, du bist so schön!

Montag, 2.5.2016, 22:34 Uhr, Palermo, Sizilien

S. Cataldo, die Kirche, die wir als erste nach Monreale besuchten, schräg gegenüber dem Rathausplatz, der Piazza de la Vergognia. S. Cataldo mit seinen drei roten Rundkuppeln ist innen schmucklos doch in seinen architektonischen

Grundstrukturen überwältigend – vom quadratischen Grundriss über das Achteck zum Kreis, der halbkugelförmigen Kuppeln. Das Quadrat steht dabei für das Irdische mit seinen vier Elementen, Luft, Erde, Wasser, Feuer, und der Kreis, ohne Anfang und Ende, für die himmlische Unendlichkeit. Das wiederholt sich im Dreiklang dreier quadratischer Räume, die mit ihren hellen Steinen den Blick befreiend in die Höhe saugen, in die die Ecken auflösenden maurischen Strukturen, die Muqarnas, die das Quadrat der Basis zum Achteck umformen und damit den Übergang zum Kreisrund der Kuppeln schaffen, und dort im Dreiklang dann den Blick endlos pendeln lassen, bedingt wohl durch die lichte Leichtigkeit der Kuppeln auf Grund der Weiße ihres Steins und der Lichtflutung durch jeweils acht Kuppelfenster.

Dienstag, 3.5.2016, 23:45 Uhr, Palermo

Zisa,
arabisch aziz: glanzvoll,
Paradies auf Erden
im normannisch-arabischen Einst,
heut wieder gespürt
und berührt
durch das Gleichmaß
seines Mauergeviert,
durch das Wissen
um seine Finessen
kühlender Luftführung,
klüglichst bemessen
zu frischer Berührung,
noch heute erahnbar,
erfühlbar erlebt;
doch damals real
wohl kaum durchbebt?
Denn auch damals
bei 40 Grad Celsius im Schatten
und fehlendem Lufthauch
auf Meeren und Matten
fehlte der klüglichst
berechnete Lufthauch
umfassend in Zisas
Gemächern wohl auch!
Doch mehr als durch
wirkliche Realität
wurden wir damals,
und werden noch heute,
durch der Ideen Kraft bewegt.
So berührt,
trotz sichtbar nur spärlicher Reste,

noch immer der Scheinfenster Gleichmaß,
das Beste auf den glanzvollen Mauern
der Zisa-Feste.

Mittwoch, 4.5.2016, 3:34 Uhr, Palermo

Das hätte euch sicher sehr gefallen: >le streghe de la Venizia<
die Hexen von Venedig, eine Ballet-Oper von Philipp Glass im
Teatro Massimo zu Palermo, dem drittgrößten Opernhaus Eu-
ropas gestern Abend. Zwei Handlungen auf der Bühne von
zwei Kameras erfasst wurden auf einer Riesenleinwand über
der Bühne zu einem phantastischen Geschehen in einander
projiziert, zu einer irrealen, märchenhaften Scheinwelt unge-
ahnter Präsenz und Dichte.

Donnerstag, 5.5.2016, 19:24 Uhr, Marsalla

Bus-Zwischenstop

Kleinkrüppelt,
vornüber geschrumpeltes
Frauchen,
stumm von innen
gelehnt vor die Glastür
des Hauses 11/13
Hauptstrasse, Marsalla,
im schwindenden Licht,
geneigt
wie die sinkende Sonne.

Wie schön warst Du einst?

Was bleibt
ist die reglos
nach innen gekehrte Erstarrung.

Samstag, 7.5.2016,

Colle di sant´Angelo

Grünsamtene Matten,
weiblich gewellt,
auf sanften Hügeln
des Hangs gegenüber
in atmender Frische
des Frühlings,
changierend
mit Feldern in Ocker,
tiefgrünen Baumtupfern,
sich schlängelnden Wegen,
vereinzelten Häusern,
quadratisch geschachtelt.

Dienstag, 10.5.2016, 12:08 Uhr, Rückflug

Auf mutmaßlich 10 000 m Höhe in der Sonne über grau-
gelblichen Dunstschleiern mit Flugrichtung München und
rechts vor mir ein Glas Rotwein als stilvoller Abschluss einer
erlebnisvollen Sizilienreise, die mir Eindrücke vermittelte, wie
ich sie bei den Besuchen dieser Insel Jahre und Jahrzehnte
zuvor nicht empfunden habe.
Zuletzt noch gestern in Cefalù, der normannische Dom Rogers
des Zweiten aus der Ferne – welch ein Eindruck – schützend
mit seinen zwei wehrhaften Türmen über dem bis an das Meer
hingegossenen Häusermeer und vor dem mächtigen Kastell-
berg, dessen Höhe , fast unglaublich, Beate und ich, gestern
nach dem Besuch des Doms und des Museums noch schnell in
der uns verbliebenen dreiviertel Stunde im Sturmschritt und
Licht der gemilderten Spätnachmittagssonne erklommen, beflügelt von dem etwas spöttisch freundlichen Lächeln des >Pe-
scatores< von Antonello di Messina aus dem Museum,

und allerdings auch leicht zurückgedämpft durch die barocke Überladung des Dominneren, die so gar nicht zu der wohltuenden, nüchternen Klarheit der normannischen Architektur passt, doch ein lichtes Gegengewicht in den ultramodernen, farbig durch Glasschmelzung entstandenen Fenstern findet. Wie gut tat nach endlos langen Busfahrten die beschleunigte Bergersteigung federnden Schritts, die gleichzeitig als Vorübung zur geplanten Alpenquerung in Bälde diente, in Erinnerung noch die schwebende, bis in weiteste Fernen reichende Falkenperspektive von den höchsten Kastellzinnen Friedrich des Zweiten zu Enna, der sich doch nicht von Ungefähr eben dort in seinem achteckigen Turm vermutlich voll Inbrunst, vom spiritus loci beflügelt, seiner Lieblingsbeschäftigung, der Falkenzucht, ergab.

Und eben jetzt sehe ich unter mir im Wolkengebräu die verschneiten Felsengrate der Alpen hochleuchten – wir nähern uns München, dem Ende unserer Reise!

Donnerstag,16.6.2016, 15:43 Uhr, München

In der Kunsthalle München der Hypo Vereinsbank: >Sorollas Licht< heißt die Ausstellung – und es ist wirklich das Licht, das er in seinen Bildern einfängt und faszinierend aufleuchten lässt, aber – wenigstens für mich – auch sein oft grob burschikoser Pinselstrich, der fesselt, wie bei Lovis Corinth oder besser noch, wie bei Franz Hals, den er denn in der Tat, wohl fasziniert von ihm, in Holland studiert hat. Wie gut, dass man hier fotografieren durfte. So bin ich flotten Schritts durch die Ausstellungsgemächer gelaufen und habe im Vorbeigehen all die Bilder, die mich anleuchteten, anmachten, entfachten kurzer Hand digital gebannt – auch das hinreißende Bild, das das Werbungsplakat ziert, von der Dame am Strand in weißen, vom Wind verwehten, verwischten Bluse, Rock und Hutschleiern, das Gesicht gebeugt über die mit weißbehandschuhten Händen gehaltene Kamera auf dem Schoß, die ganz offensichtlich, selbst im flüchtigen Vorbeigehen deutlich erkennbar, in ihrer Bedienung ein nicht schnell lösbares Problem darstellt – hier nur in Form eines unscharf begrenzten, quadratischen Flecks wahrnehmbar, so wie auch das darüber gebeugte Gesicht, vom wehenden Schleier verhüllt, nur die Kinnspitze freigibt.

Wie einfach ist diese damals so widerspenstige Technik doch für uns Heutige geworden. Unter meinem taschenformatigen Notizheft liegt meine iPhone Kamera, genauso flach und kleinformatig wie eben dieses Notizheft und dient diesem geduldig als starre Schreibunterlage, während sie noch kurz zuvor, leicht in der Hand liegend und noch viel leichter zur Hand gehend, mir ohne jede Anstrengung meinerseits, sprichwörtlich im beschwingten, genießenden Vorbeigehen, die hinreißendsten Gemälde jedes Formats und sogar unter ungünstigsten Lichtverhältnissen blitzschnell aber ohne Blitz einfing und bannte, wozu ich früher, zur Zeit jener weiß wehenden

Schönheit am Strand, einer langjährigen Ausbildung sowie voluminöser Hilfsausstattungen bedurft hätte.

Welch glückliche Umstände, die uns diesen doch so oft von den Semestern meiner Altersstufe geschmähten Fortschritt genießen lassen, so oft man auch von ihm überfordert wird, wobei die Schmähungen wohl überwiegend der mit dieser Technik verbundenen Überforderung entspringen.

Freitag,17.6.2016,13:30 Uhr, Starnberger See

Auf der Roseninsel bei Feldafing und völlig unerwartet nach einer durchregneten Nacht nun in der warmen Sonne mit einem weiten Blick nach Süden über den See auf das sich von Ost nach West erstreckende Alpenpanorama, das Helmut mit seinem phantastischen Gedächtnis bei gleichzeitig ausgeprägtem geographischen Orientierungssinn uns mit seinen diversen Spitzen und Senken benennt und unter diesen vielen auch diejenige Lehne uns deutet, hinter der er in einer einsamen, einfachen Jagdhütte hoch oben im Gebirge, wo sich Fuchs und Gemse gute Nacht sagen, als Stadtkind besonders naturhungrig seine großen Ferien über lange Jahre immer wieder und über eine Gesamtperiode von mehr als einem halben Jahr verbringen durfte, da diese einsame, nur über einen Steig erreichbare Hütte dem Freund seines Vaters gehörte.

Samstag, 18. Juni – 22:03 Uhr

Heute zunächst die Marienkirche der Benediktiner in Dießen am Ammersee, ein absoluter Glanzpunkt des Barock, gleichzeitig zudem die Kirche der heiligen und uns doch so werten Mechthild!

Als nun im Längsschiff, leuchtend im warmen, mittäglichen Sonnenlicht durch die schlicht grau und nicht bunt verglasten

Fenster in all seinen freundlich harmonischen Abtönungen von weiß über grau und eine weite Palette von Ocker und mattem Gold bis hin zu den warmgelben Farben der Solnhofener Fußbodenplattung, unsere gewohnt individualistisch quirlige, obwohl doch inzwischen ergraute Clique im hinteren Drittel der Holzbebankung mit ihrer so eigenartigen matt gelblichen Blechbekrönung nochmals die Harmonie lichter Farbabtönungen wohltuend aufnehmend und ergänzend, zur Ruhe kam und sich dort niederließ, referierte Karin mit ihrer ruhigen, angenehm differenzierten Stimme, gelegentliche Einwände oder Ergänzungen freundlich aber unbeirrt auf den gebührenden Platz weisend, über die Besonderheiten der uns gebotenen Stilelemente sowie auch die der einzelnen Mitglieder des weitverzweigten Stiftergeschlechts, derer zu Dießen. Anschließend erhob sich Helmut, und wir durften ihn in seiner Bestform erleben, als er uns die außerordentlich zahlreichen und meist völlig unerwarteten, also überraschenden Querverbindungen derer zu Dießen in ihrer weiten geschichtlichen und geographischen Einbindung erläuterte, gespickt mit Datierungen sowie, für Helmut typisch, ortskundigen wie auch geographischen Erläuterungen, die dann des weiteren echoartig Ergänzungen fanden natürlich durch Karin aber auch, last not least, durch Walter, wobei genau genommen zumindest das erstere auf Walter nicht stimmig angewandt erscheint, sodass sich für die ganz überwiegend hinter diesen dreien sitzend Lauschenden die Einmaligkeit eines intellektuellen Austauschs in Form eines Trios ergab, ohne Dissonanzen bei zielgerichtet gleichem Interesse zum Wohl des darzustellenden Ganzen vor unseren Augen.

Kurzum es war ein einsamer Genuss, den ich unterdessen mit der oben beschriebenen, glückhaft zur Verfügung stehenden Technik in einzelnen, funkelnden Facetten digital festhalten konnte.

Samstag, 16.7. 2016, 22:30 Uhr – Börglum/Nordjüttland

Draußen ist es, 90 Minuten vor Mitternacht, immer noch hell! Wir haben heute Nachmittag bei aufgeräumt windig-böigem Sommerwetter die unglaublichen Kumulus-Wolkentürme mit ihren schroffen Schluchten, die wir beim Aufbruch vor drei Tagen in Köln hoch oben am Himmel erlebten, bei Rubjerg Knude, wenig nördlich von Lökken an der Westküste Jütlands, in Form hoch aufgetürmter Dünengebirge von hinreißender Schönheit durchlaufen und durchlebt, durchpustet von einem scharfen, teils sturmartigen Wind, der uns wie mit einem Gebläse feinsten Sand in Myriaden winzigster Körnchen in die Kleider, die Haare, die Ohren, die Augen ohne Unterlass fegte und wütend strählte. Zur See hin fallen diese schon von weither sichtbaren Sandgebirgsschultern und –züge schroff und steil zerklüftet ab, sodass man dort abgrundtief ab- und zu Tode stürzen könnte.

Diese Sandtürmungen sind sicher so hoch und wahrscheinlich noch ausgedehnter als die >grande dune< bei Arcachon/ Bordeaux; sie wirkten aber auf Grund des scharfen Westwinds und ihrer absoluten Verlassenheit viel gewaltiger, verwegener und rauer. Ich habe mich zu zahlreichen Fotos hinreißen lassen auf unserer Wanderung von ihrem südlichen Beginn über ihre Kämme bis hin zu ihrem am nördlichen Ende gelegenen Leuchtturm, der, nicht mehr in Funktion, als sehr hoher, viereckig gemauerter Turm über eine Stahltreppe in seinem Inneren von uns bestiegen wurde und uns weite Blicke über die flach wellig-hügelige, grüne, wohl bestellte Jütlandhalbinsel gewährte.

Eben haben wir uns vom Feinsandstrahlgebläsestaub des straffen, wütigen Nordwest unter der Dusche teilbefreit.

Ach, könnte man doch diese wilde Freiheit des heutigen Nachmittags dort hoch oben auf dem Dünenkamm, die durch die Einsamkeit, den heftigen Wind, die unbarmherzig scharfkörnigen Sandpartikel, die flache Ferne der grünen Weiten Jütlands hinter uns und der unendlichen Ferne der glitzernden See unter und vor uns noch vielfach gesteigert erschien, wieder und wieder erleben, bis sie sich jederzeit abrufbar in uns unumkehrbar eingebrannt hätte!

Montag, 1.8.2016, 10:48 Uhr, Köln

Im Südpark am Spielplatz auf einer Bank in der Sonne: vor mir spielt Sebastian. Er zeichnet mit einem Stöckchen Wolkenlinien in den Sand. Er kommt und schaut, was ich mache. Er schreibt auf den Boden, und ich auf das Papier. Er ist ganz zufrieden und redet mit sich, und ich bin es auch. Jetzt ist er auf die Bank zu mir hochgeklettert und hat sich neben mich gesetzt und schaut in mein Heft.

11:26 Uhr

Wir haben den Spielplatz gewechselt, da Sebastian Auto fahren wollte, sind wir zur Friedenswiese in Rodenkirchen/Hahnwald gefahren. Ich sitze auf einem großen Stein. Sebastian hat sich zwei nur wenig älteren Jungen am kleinen Rutschenhäuschen angeschlossen, die Holz für ein Lagerfeuer im Häuschen sammeln. Sebastian trägt Fäuste voll Sand in das Häuschen mit großer Ausdauer und über eine komplizierte Kletterzugangsstrecke. Jetzt kommt er zu mir mit zwei Fäusten Sand und streut davon mit zwei Fingern Portionen auf meinen Schreibblock. Hätte ich einen Füllfederhalter mit Tinte, wäre das der Löschsand! Jetzt hat er seinen rechten Fuß im Sand vergraben; jetzt klettert er zu mir auf meinen Sitzfelsen hoch, und jetzt beobachtet er die beiden Mädchen nebst Müttern gleich neben uns.

Dienstag, 20.9.2016, 11:56 Uhr, Malaucène/Provence

Auf einer Liege sitzend im Schatten eines großen Sonnen-
schirms unter einem makellosen sanftblauen Himmel, der
nach Westen hin, in Richtung Malaucène, am Horizont zarte,
teilweise hingestrichene, lichtgelbliche Aufhellungen aufweist,
klanglich untermalt durch den anhaltend plätschernden
Schwimmbeckenzufluss aus einem Rohr an seiner Stirnseite,
gespeist aus dem Tiefbrunnen jenseits der Feldsteinumfrie-
dung, und ergänzt durch das unregelmäßige Schlagen der im
lauen Wind wehend flatternden, kleinen Tricolore am halbof-
fenen Gartenhäuschen. Das Wasser im Bassin klar im unruhig
flimmernden Wellenspiel seiner gesamten Oberfläche auf
Grund der beiden Wasserstrahlzuflüsse der Filteranlage an
der Basis des Schwimmbeckens. In deren Strudeln gefangen
drehte sich gestern eine Wespe ohne Unterbrechung über
mehr als eine Stunde Dauer und in Folge ihrer Leichtigkeit
oder der Schwimmkraft ihres Körperchens trotz des Sogs des
Strudels zwar an der gleichen Stelle aber an der Oberfläche
verbleibend. Der zwischenzeitliche Eindruck, sie habe ihre
Beinchen noch bewegt trotz der Wasserkühle von nur 17 Grad
Celsius, ließ mich ihr ein Olivenblatt reichen, das sie zu meinem Erstaunen sogleich ergriff und sich damit aus ihrer hoff-
nungslosen, todbringenden Lage befreien ließ. Auf dem in der
Sonne warmen Beckenrandstein begann sie sofort, sich zu
putzen. So sehr dem Zufall überantwortet wie ihr Schicksal
scheint mir auch unseres zu sein, wenn auch bisher glücklich
verlaufen.

16:55 Uhr
Wir haben uns noch einmal aufgerafft und sitzen nun auf der
kleinen Café-Terrasse unterhalb der Kirche in Brentes mit
Blick auf die mächtigen, im Gegenlicht der Spätnachmittagssonne fast schwarz erscheinenden Abbrüche des Vontoux

nach Norden hin und hoch über der Toulerenc. Durch die Wolkenberge, die sich hinter dem Ventoux auftürmen, findet die Sonne ihren Weg zu uns und auf den tief unter uns am gegenüberliegenden Hang im Tal malerisch platzierten Weiler mit seinen Provencetypischen Hausverschachtelungen.

Mittwoch, 21.9.2016, 14:01 Uhr

Hat man ein lange schon freudig erwartet und erhofftes Ziel endlich erreicht, und gestalten sich darüber hinaus auch noch praktisch alle Begleitumstände, die den Genuss des Ziels oft wesentlich beeinträchtigen können, durchweg als positiv, sodass der vollen Auskostung dieser glückhaften Umstände nichts mehr im Wege zu stehen scheint, so erlebt man urplötzlich nahezu das Gegenteil der erwarteten Zielfreude, nämlich die Pflicht, diese ersehnten und nun überreichlich vorhandenen Freiräume zu gestalten und mit Leben zu füllen.

Freitag, 23.9.2016, 18:03 Uhr

Ich sitze in der warmen Abendsonne vor dem Haus mit dem unablässigen Geplätscher des Schwimmbeckenbrunnenrohrs in meinem Rücken, entspannt und zufrieden im erst heute aber doch endlich und immer noch einsetzenden Hochsommer Provence Erfüllungsglück, das nichts des weiteren bedarf als der anhaltenden, surrenden Hitze mit dem in ihr schwingenden, hoch gespannten Zikadenklang, der heute sogar fehlt. Und doch, trotz dies Fehlens, das wieder sicher gespürte Provence Glück, so wie früher so oft und vor dem Haus, das heute Morgen beinahe lichterloh abgebrannt wäre!
Beate war vom Frühstückstisch im in der Morgensonne lichten Wohnzimmer aufgestanden, um in der Küche das

Toastbrot aus dem Röster zu holen und stieß den Schrei aus: es brennt! Sofort war ich bei ihr. Hohe Flammen schlugen aus dem Bretröster nach oben. Ich blies sie aus, was komischer Weise klappte, aber nur für einen Augenblick. Sofort riss ich den Elektrostecker aus der Wandsteckdose und blies erneut, diesmal mit anhaltendem Erfolg. Der Röster hatte sich nicht automatisch abgeschaltet, sodass das Brot in Flammen stand, die den darüber befindlichen, blauen Holzküchenschrank bereits angeräuchert und verfärbt hatten. Hätten wir uns am Schwimmbecken befunden, wäre Schlimmstes passiert! Das Schicksal war gnädig; das Provenceglück, heute erst entfacht, darf weiter schwingen!

Mittwoch, 28.9.2016, 10:34 Uhr

In das Dunkel des Baums trat ich, in den Straßengraben, als ich heute Morgen in sternklarer Nacht kurz vor Beaumont die aufgeblendeten Scheinwerfer eines Lastwagens auf mich zukommen sah, um, von ihm unbemerkt, ihn an mir vorbeibrausen zu lassen. Sonst begegnete ich niemandem und folgte dem hellen Band der Teerstraße vor mir. Am Ortsrand von Malaucène und in Annäherung an Beaumont blendeten mich allerdings die sehr hellen Straßenlaternen, sodass mir fast widersinnig dort die Orientierung schwer er fiel als im völligen Dunkel, wo die Sternbilder in ungewohntem Glanz klar glitzernd am Himmel stehen. Der große Wagen, der mit seinen Rädern in Aiguablava, in Nordspanien, auf der Horizontlinie zu fahren schien, steht hier kopfüber auf der Spitze seiner Deichsel. Die andere Himmelshälfte wird vom Orion beherrscht. Dazwischen steht irgendwo Cassiopeia, das Himmels-W. Am Ausgang Beaumonts begrüßt aus der Ferne von einem der provencialischen Weiler ein Hahn den beginnenden Tag. Die Luft riecht erdig, Salbei durchwürzt und vermittelt ein tiefes Wohlgefühl. Ein Hund schlägt an auf einem fernab vom Weg gelegenem Hof. Es ist der gleiche, der mich auch schon vor zwei Tagen aus so großer Entfernung bemerkte, als ich im Morgengrauen vorbeijoggte. Noch eine steile Steigung und ich bin wieder „zu Hause". Splitternackt stürze ich mich in den 16 Grad Celsius kühlen Swimmingpool, durchmesse ihn einmal hin und her, tauche den Kopf dreimal ab, igele mich dann in meinem Bett unter der Decke ganz klein zusammen, um meine kalte Peripherie allmählich, allmählich mit meiner zentralen Wärme wieder zu beleben bis hin zum anhaltenden Wohlgefühl mit folgendem Morgenschlummer.

Freitag, 21.10.2016, 23:04 Uhr, Berlin, Große Hamburgerstr.

Eines der fünf Doppelschrägfenster zum Krausnick Park hin im 1. Stock habe ich aufgewinkelt und schräg gestellt, sodass kühle Luft von draußen herein streicht. Es bleibt ganz still, obwohl wir uns nur 7 Minuten zu Fuß vom Hackeschen Markt entfernt befinden. Wir genießen diesen luxuriösen Zustand in vollen Zügen und teilten ihn noch bis vorhin mit Vroni und Jakob, nachdem wir zusammen in den Hackeschen Höfen den etwas seichten französischen Film >Frantz< als Versöhnungs-epos zur deutsch – französischen Feindschaft ertrugen. Wie klug waren doch unsere Väter beraten, nach zwei grauenvolls-ten Weltkriegsschlachtereien nicht mehr bei der Versöhnung auf emotionalen Gefühlsschleim sondern auf harte, pekuniäre Vorteilsfakten zu setzen. Dieser Film war in dieser Hinsicht wirklich ein dummer Rückfall in edelster Absicht. Doch, Gott bewahre uns vor 'm guten Willen!
Auch wenn zurzeit viele glauben, angesichts des Brexit, der großen Erfolge der AfD, des Front Nationale, der nationalen Strömungen in Italien, den Niederlanden und Belgien, in Po-len, Ungarn, Griechenland, sei dieser gute Wille endlich

lebensrettend nötig, glaube ich ganz gewiss, dass die Gründungsväter der Montanunion und der EWG, also der Wurzeln der EU, zum Glück unsere Zukunft auf realistischere, nämlich monetäre, Vorteile begründeten.

Dieser Film, so schwülstig schlecht er war, hat mir positiv die Augen für diese Zusammenhänge geöffnet.

Samstag, 12.11.1016, 11:46 Uhr

In der Böhm Chapel in Hürth; Philip Glass spielt gleich >works for solo piano<. Wir hörten von ihm in Palermo vor einem halben Jahr >le streghe di Venezia – die Hexen von Venedig <, die uns allerdings vielleicht nicht so sehr wegen der Musik, die mir gar nicht mehr erinnerlich ist, sondern wegen der für uns absolut ungewöhnlichen Inszenierung anhaltend erinnerlich geblieben sind.

Draußen ist es sehr kalt, um 0 Grad. Hier aber ist zum Glück gut geheizt, sodass mein warmer Mantel gar nicht nötig gewesen wäre. Andererseits wird es mir ja selten zu warm.

Es läutet 12:00 Uhr – die Kirche ist voll besetzt – es kann losgehen. Das Programm macht sehr neugierig.

Es beginnt mit >mad rush<; erst ganz ruhig, doch dann bricht es hervor, ursprünglich für Orgel komponiert; jetzt plätschert es wieder – jetzt braust und rauscht es erneut mit Macht auf allen Seiten und in vollen Akkorden. Philip bewegt sich kaum – in sich versunken über den Tasten – er ist sicher noch einige Jahre älter als ich und entwickelt das alles aus sich selbst heraus. Wilder Rausch – nur ein Motiv in wechselnder Stärke mit geringfügigsten Modulationen – anhaltend, fortwährend, indefinit, ohne Ende.

Von draußen fällt durch das Bleinetzwerk der Fenster fahles Herbstlicht der Sonne.

Metamorphoses – four pieces – das Thema wird wiederum geringst gewandelt – jetzt in ein dunkles Timbre verfallend und aus der anfänglichen Ruhe hervorbrechend, das Tempo und die Lautstärke steigernd, abgeleitet zum Teil aus den Metamorphosen in Kafkas Prozess. Es ist wie ein modulierter Gesang. Auch hier kreist alles um ein Thema – ohne Ende und ohne Noten. Die Musik rauscht und erfüllt den Raum klangvoll gesteigert durch die hervorragende Akustik. In das tragende Grundthema fließen gelegentlich aufklingenden Seitenästen Nebenthemen durch.

Es folgen die Etuden 2, 9, 10. Das gleiche Grundthema scheint es, doch diesmal entschiedener und härter aufgefrischt in den einfließenden Modulationen. Philip lebt in seinen Klangwelten – er ist ganz darin versunken – hat alles um sich vergessen – zaubert jetzt aus dem Einerlei des Grundthemas völlig neue Klangwelten hervor – er ist emsig – emsig – hat das Tempo anhaltend gesteigert – eilt – eilt – bietet jetzt ohne Ende Neues in einem atemlosen Stakkatotempo eingestreut – wunderbar – so kann es ohne Ende weitergehen – eintönig, und doch überhaupt nicht – mitreißend – es zuckt mir in den Füßen, Beinen – das ist schneller Tanz! – die Sonne fällt hell durch die Fensternetze – das ist ein wildes, lustvolles Spiel mit den Tönen und Rhythmen.

Zum Abschluss, Allen Ginsberg singt >anti-war< aus den 60er Jahren in Kansas City unterspielt von Philip in wilden Akkorden

Du, mein Herzschlag,
meine Echolalie,
so fest ich's auch spüre,
begreif ich doch nie
das wie.

Thomas Michels

Frühblüherlyrik

Reiselieder
Rheinstromschnellen

tredition

„Frühblüherlyrik, Lyrikwerkbuch u. Kompensatorenlyrik sind er-
schienen bei tredition Verlag Hamburg 2014;
beziehbar unter: www.tredition.de/buchshop

Thomas Michels

Lyrikwerkbuch

Anlass-Gedichte

tredition

Thomas Michels

Kompensatorenlyrik

Streichholzgedichte

tredition®

Zeitfracht Medien GmbH
Ferdinand-Jühlke-Straße 7
99095 Erfurt, Deutschland
produktsicherheit@kolibri360.de